어느 날
고양이를
사랑하게
되었다

어느 날 고양이를 사랑하게 되었다

펴 낸 날 2018년 3월 15일 1판 1쇄

지 은 이 박은지
펴 낸 이 강유균
교정교열 이교숙, 김아름
경영지원 이안순
마 케 팅 PAGE ONE 강용구
홍　　보 김범식
기　　획 출판기획전문 ㈜엔터스코리아
디 자 인 윤대한, *design* **Bbook** 김민정

펴 낸 곳 리드리드출판(주)
출판등록 1978년 5월 15일(제 13-19호)
주　　소 경기도 고양시 일산서구 고양대로632번길 60, 405호(일산동, 대우이안)
전　　화 (02) 719-1424
팩　　스 (02) 719-1404
이 메 일 gangibook@naver.com
홈페이지 www.readlead.kr
I S B N 978-89-7277-319-1 (03810)

이 도서의 국립중앙도서관 출판예정도서목록(CIP)은 서지정보유통지원시스템 홈페이지(http://seoji.nl.go.kr)와 국가자료공동목록시스템(http://www.nl.go.kr/kolisnet)에서 이용하실 수 있습니다.(CIP제어번호: CIP2018004212)

어느 날 고양이를 사랑하게 되었다

내가 미처 몰랐던 고양이와 삶에 관한 이야기

글·사진 **박은지**

리드리드출판

PROLOGUE

얼마 전 웬 노란 고양이 한 마리가 페인트 가게 앞에 놓인 찌그러진 상자에 들어가 자리를 잡는 걸 봤다. 못 보던 고양이라 가까이 다가갔더니 상자에 '가져가지 마세요'라고 쓰여 있었다. 고양이를 가져가지 말라는 건가? 잠시 헷갈렸지만 고양이가 없을 때 빈 상자를 치우지 말라는 의미였을 것이다. 고양이는 사람과 익숙한 듯 멀뚱멀뚱 나를 마주보았다.

가게 주인아주머니가 나오시기에 가게 고양이냐고 여쭤보니, "아니, 일주일 전에 지가 들어왔어." 하며 집고양이인 것 같은데 집을 나온 것 같다, 고양이가 아주 순하고 사람을 따른다, 자꾸 높은 곳으로 올라오려고 해서 안쪽 테이블 위에도 상자를 놔줬다 등등 그동안의 에피소드를 쏟아내셨다.

나도 낯을 꽤 가리는 편인데, 동물이 매개가 되면 누구나 꽤 많은 이야기를 나눌 수 있게 된다는 건 신기하다. 낯선 사람인데도 처음 만난 것 같지 않은 친근감과 온기가 있다. 자신의 반려동물에게 관심을 보이는 사람에게 공격적으로 나서는 사람은 아직 만나보지 못했다. 동물을 사이에 두고 다소 흐물흐물해진 마음을 차곡차곡 모아뒀다가 평소에도 공평하게 나눠 사용하면 좋을 텐데 하는 생각도 든다.

사람과 길고양이 사이에도 촘촘한 인연의 끈이 있는 것 같다. 같은 도시에서 같은 길을 딛고 살아가고 있으니 그건 좋으나 싫으나 어쩔 수 없는 일이다. 그게 좋은 인연으로 이어지는 경우는 행운이지만, 그렇지 못한 일이 아마도 훨씬 더 많을 것이다.

느긋한 햇볕이나 부드러운 털실이 어울리는 고양이보다, 뒷걸음질 치거나 경계 가득한 눈길로 사람을 주시하는 길고양이들의 모습을 이 책에는 담고자 했다. 왜 숨고, 피하고, 도망쳐야만 할까. 사람을 경계하는 우리나라 길고양이들에게도, 그런 길고양이들의 날카로운 눈빛을 보며 고양이에 대한 편견에 사로잡힌 일부 사람들에게도 애묘인으로서의 책임 비슷한 것을 느낀다.

그들과 눈을 마주치고 같은 길을 걷다 보면, 사람과 길고양이가 서로 크게 다르지는 않다는 생각이 든다. 홀로 걷는 사람들의 발소리는 때때로 외롭고, 아무도 없는 길을 걷는 길고양이의 조용한 발걸음 소리는 비어 있어 채울 것이 많다. 너무 친해질 필요는 없지만 너무 멀지는 않게, 상처받을 걸 두려워하지는 말되 무작정 시도하다가 다치지는 않았으면 하는, 그런 삶이 길 위에 있다. 힘든 날이 있으면 좋은 날도 있다. 넘어지고 흔들려도 좋지만 현실에서 도망치지는 말고, 현실의 평범한 굴곡을 있는 그대로 받아들이는 것. 동화처럼 아름답지는 않지만 또 너무 무겁지도 않은 것이 우리들의 삶이자 길고양이들의 삶이 아닐까 싶다. 기록하지 않으면 사라지는 그 평범한 순간들을 고정시켜 담아보고 싶었다.

우리의 평범한 일상이 당신에게 닿았을 때 이왕이면 다정한 목소리로 들렸으면 좋겠다. 책이 나오기까지 도움을 주신 모든 분과, 자기네의 삶을 담고 그리도록 묵묵히 내버려둬 준 길고양이들에게도 고마움을 전하고 싶다.

아무렇지 않은 하루가 저물고
속삭이듯 걸음을 맞춰 걸어보며
글쓴이 박은지

CONTENTS

#1 길 위에서 만나다

#2 당신과 나의 적당한 거리

#3 보통의 날들

기억하지 않으면 없었던 것처럼 사그라지는

우리들의 삶과 길 위의 삶이

아주 잠깐 교차하듯 스치는 찰나

#1 길 위에서 만나다

고양이의 거리

도시에서 다른 도시로 건너갈 때면,
마치 공기마저 뒤바뀌는 것처럼 생소한 기분에 사로잡힌다.
그러나 누군가에는 낯선 여행지인 곳도 누군가에게는
일상의 공간일 것이다.
귀를 기울이면 어느 동네나 비슷한 행복과 비슷한 즐거움과
비슷한 울적함과 비슷한 다툼들이 있다.
어쨌건 어디에서나 사람들은 내내 부산한 감정들을 생산해내는 것이다.

소란스레 내뱉은 목소리들이 가라앉고 난 공기를 천천히 들여다보면,
사람의 소리밖에 들리지 않는 이곳에서도
애초에는 다양한 생명들이 얽혀 지냈을 것을 추측하는 일은 어렵지 않다.
아마도 그들의 것이었던 길 위에서 사람들은
떠들썩한 소리와 냄새와 흔적을 쌓기 시작했을 것이다.
그리고 아마 그때에도 그랬을 것처럼,
고양이들은 그들의 일상에 밀려들어온 여행자를
반기지도 밀쳐내지도 않는다.

ANT

시간이
공존하는
골목

문득 고개를 들어 본 달에서 붉은 빛이 돌았다. 빛을 뿌리며 옅어져야 할 테두리도 둥근 모양이 흩어지지 않고 또렷했다. 그날 홍대 동교동 골목길은 북적이긴 해도 그리 소란스럽지 않았다. 카페 내부보다 테라스에 앉아 있는 사람들이 더 많고, 술집은 문을 활짝 열어 거리와의 경계가 막연했다. 누군가 도란도란 이야기하는 소리를 밤공기가 부드럽게 머금었고, 누군가는 그 이야기에 귀를 기울이며 고개를 끄덕여 주었다.

그 시간이 사람만의 것은 아니다. 우리의 시선보다 조금 더 낮은 곳에서 그들의 시간은 그들의 속도와 방식대로 흐른다. 그리고 가끔 시선을 돌리다 보면, 생각보다 가까운 곳에서 걷고 있던 고양이의 꼬리를 발견할 때가 있는 것이다. 서울에서도 유독 홍대에는 고양이 밥그릇을 두고 있는 가게가 많은 편이고, 직접 찍은 고양이 사진을 빼곡하게 걸어놓은 카페들도 흔하다. 지인의 고양이, 오가며 마주친 고양이, 밥 먹으러 오는 길고양이, 그러다가 묘연이 닿아 키우게 된 고양이들. 내 자리 네 자리를 다투지 않고 공존하는 장소에서 계절은 머뭇대지 않고 흐른다.

그날 골목의 카페에는 고양이 한 마리가 마치 처음부터 자기 자리라는 듯 태연하게 문 앞에 배를 깔고 있었다. 보아하니 평소에도 밥 먹으러 오는 카페인 모양이었다. 밥 먹기 전인지 후인지 모르겠지만, 빈 밥그릇을 옆에 두고 익숙하게 자리를 잡은 삼색 고양이는 종종 고개를 돌려 카페 안을 들여다보았다.

D'AVANT

상관없는
허니 브레드

허니 브레드와 생과일주스.

그 달콤한 단어 아래에 있는 네가 전혀 어울리지 않고, 혹은 너무나 잘 어울려서 웃음이 났다. 겨울이 한창이라 날이 추웠다. 기온이 많이 떨어지고 바람은 날카롭게 부는 밤이었다. 네가 파고든 입간판 사이가 추위를 피하게 해줄 법한 공간은 아니었지만, 두 발을 옴팡지게 모으고 너는 태연히 눈만 깜빡였다. 허니 브레드나 생과일주스 같은 건 조금도 상관없다는 듯, 알 바 아니라는 표정을 짓고서. 너를 두고 가던 길을 걷는 걸음이 무겁지만 않았다면 미안한 일일까? 그것조차 아마, 너에게는 관심 밖의 일일 테지. 그래, 그건 모두 사람의 일이다.

생과일

허니
브레드
생과일 주스 딸기주스

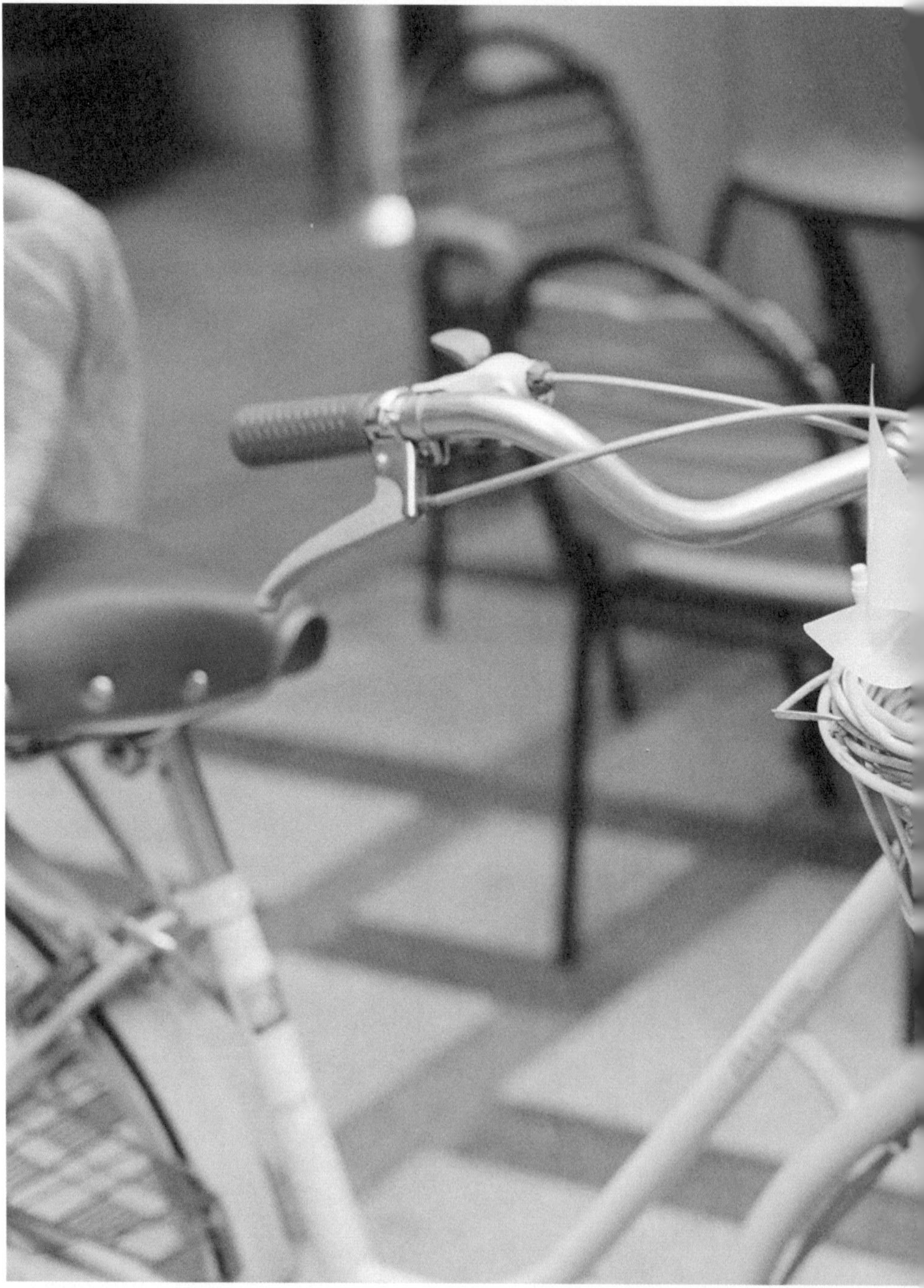

마음을 움츠린 길 위

건물만 한 스크린에서 뮤직비디오가 소리 없이 상영되는 강남 한복판. 이곳에서 버스를 타고 20여 분을 달리니 건물 한 채 없는 시골 풍경이 펼쳐진다. 스마트폰 지도를 켜 봐도 랜드마크 하나 없이 백지에 길만 몇 가닥이 나 있는 흙길. 목적지가 여기가 맞는지 의문을 가지고 구불구불한 길을 따라 걷는데, 덜컥 눈이 마주친 고양이가 순식간에 홱 몸을 돌린다. 인적 드문 길인데도 사람을 피하는 데 익숙한 녀석이다.

서너 걸음 다가가니 서너 걸음 물러나고, 쭈그려 앉아 눈높이를 맞추니 눈에 잔뜩 힘을 주고 나를 마주보는 고양이. 마음을 힘껏 움츠린 채 내 움직임을 살피는 모습에 왠지 머쓱해져 이내 자리를 피해줬다. 억울하면서도 그 몸짓을 이해하지 않을 수 없다. 경계할 것이 너무나 많은 삶, 내 편과 네 편이 이름표를 달고 있지 않아 고민스러운 삶, 판단을 보류하고 서로를 알아가기엔 조심스러운 장애물이 너무 많이 놓여있는 삶일 것이다. 아마 나로서는 짐작도 하기 어려운, 네 길의 삶인 것이다.

침묵의 소리

도시에서는 침묵의 소리도 시끄러울 때가 있다. 깊은 새벽 어디쯤에 웅크려도 한낮에 왕왕거리던 소리의 여운이 남아 있다. 조명을 켜지 않아도 당신이 또렷하게 보이는 시간, 그때의 외로움은 필연적으로 소란스럽다. 수많은 사람과 엄청난 주파수가 거미줄처럼 엉겨 있다. 그 진득한 소리가 사람을 외롭게 만드는지도 모른다. 어디를 향해서랄 것도 없이 울리는 방향 잃은 소리들. 나는 그 소란 한가운데에 오도카니 홀로 있다.

이 시각, 목소리를 들어줄 이가 아무도 없는 것은 당신의 잘못이 아니다. 새벽에는 대부분의 소리도 잠이 들고, 역설적으로 그것만이 고독을 위로해 준다. 문득 고개를 돌려 마주치는, 아직 잠들지 않은 몸집 작은 동물의 침묵은 파동을 만들지 않고 고여 있다. 자그마한 생명체들의 부드러운 고요함. 나의 어수선하고 부산한 파장을 서서히 감싸오는 그 느낌은 생경하면서도 친숙해 나를 안심시킨다. 운이 좋으면 그 끝에 작은 속삭임마저 따라와 귀를 간질여줄 것이다. 그러니 괜찮다, 하고.

그는
나를
떠나지 않는다

그가 돌아오리라는 점에는 의심의 여지가 없었다. 그가 나를 내려놓고 슬그머니 뒷걸음질 쳤던 그때, 나는 그를 보고 있지 않았다. 아니 사실은 보지 않는 척했다. 그는 다소 두려워하고 있었다. 그를 괴롭히는 게 무엇인지는 정확히 알지 못했지만 내가 그에게 부담을 주지 않아야 한다는 점만은 알았다. 어차피 당신과 나는 지금처럼 충동적으로 만났으니 충동적으로 이별한다 해도 이상한 일은 아니다. 당신이 나를 끝까지 책임질 필요는 없다는, 그 자신이 몇 번이고 스스로에게 되뇌었을 문장에 확신을 얹어주기 위해 나는 망망한 세상을 향해 시선을 고정시키고 있었다.

그는 지금 나를 떠나야만 하는 이유를 가지고 있는 것이다.
그의 표정을 어둡게 만드는 이유가 무엇인지
나는 아마 영영 알 수 없을 것이다.
하지만 내가 잠시 그를 떠나 있어야만 하는 시간이 지나가면,
그는 결국 다시 나를 만나러 올 것이다. 그것만은 틀림없었다.
나를 처음 보자마자 그는 분명, 완전히 사랑에 빠져버렸으니까.

동정은 사절

네게 선불리 말을 건네지 못했다.

내 기척을 느끼고 나를 돌아보는 눈빛에서

나는 너의 괜찮다는 목소리를 듣는다.

무엇을 바라는 것도 아니고, 무엇을 주장하고 있지도 않은,

그저 그곳에 있는 어떤 일상적 존재일 뿐인 너를 마주보는 것은

나를 어쩔 줄 모르게 만들었다.

괜찮으냐고 물어도 좋았을까? 아마 그건 중요하지 않았을 것이다.
네가 걷는 길에 대해 내가 아무것도 알지 못한다는 걸
네가 나보다 더 잘 알고 있었을 터였다.

무엇도 기대하지 않는 너의 무덤덤한 표정에서
나는 동정도 하지 못한 채,
일말의 가책을 털어내고야 만다.

약해지는 연습

그들은 좀처럼 애처로운 눈빛을 보이는 일이 없다. 언제든 달아날 수 있도록 한껏 경계하고 있는 눈빛, 얕보이지 않겠다는 그들의 의지를 매순간 맞닥뜨리면 나는 그 단단함에 도리어 속이 상한다. 네가 혼자서도 잘할 수 있다는 건 알아, 하지만 좋아하는 마음 때문에 손을 내밀고 싶어지는 마음도 있는 법이다.

힘을 빼고 도움을 요청하는 것에 대해 배우는 건 어쩌면 혼자만의 힘으로 단단하게 서는 것보다 훨씬 어렵다. 다른 이의 도움을 받는 것은 일종의 빚을 지는 일이라고 나는 여겼고, 어떠한 신세도 지지 않으려 노력해 왔다. 그리고 때로는 그게 도리어 상대방에게 상처를 입히기도 했다.

상대에게 어떠한 도움도 바라지 않는 마음, 울타리 안에 당신을 들여놓지 않겠다는 고집은 결국 기대었다가 상처받지 않겠다는 의지와 다를 바 없다. 마음을 다쳤다고 칭얼거리고 어리광부려주면 좋을 텐데. 기댈 줄 아는 것도 강해지는 것만큼이나 연습이 필요하다.

카스맥주
500ml

자연과
고양이의
대결

꼬리 짧은 고양이는 언제 덮쳐 올지 모르는 파도를 향해 경계심을 잔뜩 곤두세운 채로 걸었다. 몸을 낮추고 바다 가까이로 다가갔다가, 파도가 갑자기 거세지면 재빨리 뒷걸음질을 쳤다. 가늠할 수도 없을 만큼 맑고 깊어서 두렵기까지 한 그곳에서 무엇을 디디고 서 있는 걸까. 거칠게 깎여나간 돌벽 틈으로 능숙하게 걸어 들어가는 것을 보면, 아마도 그 자신이 가꿔놓은 어떠한 삶이 그곳에 있을 것이다.

인정사정 봐주지 않겠다는 기세가 분명한 파도를 앞에 둔 고양이의 태도는 의연했다. 뭉툭한 꼬리처럼 절망을 수없이 겪고 뭉툭해진 듯한 강함이었다. 절망을 배우지 못하면 쉽게 좌절한다. 그러나 두려움과 가까이 있는 삶은 어쩔 수 없이 단단한 것이다.

사연조차
모른다

집 없는 동물들의 사연은 사람이 가지고 있다.
그들이 무슨 일을 겪고 어떤 삶을 살아왔는지,
누군가가 기억해주지 않으면 우리는 알 도리가 없다.
기가 막힌 사연을 지니고 있는 길고양이의 수만큼,
사연을 읊어줄 사람조차 만나지 못한 길고양이들이 있을 것이다.
그러나 그들에게도 자신만의 이야기는 있다.
그 이야기는 여러 사람의 기억에서 토막 나 나뉘어 있을 테지만,
적어도 끝은 나지 않았다.
사람과 부딪쳐 또 사연은 만들어지므로.

우정인 듯
우정 아닌

그 고양이는 대개 그 자리에 있다고 했다. 치킨집 아주머니는 6개월 동안 먹을 걸 줘도 절대 가까이 오지는 않는다며 듣는 데서 험담을 늘어놓더니 고깃덩어리 하나를 툭 내밀었다. 고양이는 꼬리를 빳빳하게 세우고 다가와 고기만 날름 챙겨 사라졌다. 매일같이 만나는 사이에 통 애교를 부리지 않는 녀석이 아주머니로서는 서운했을 법하지만, 고양이로서는 어떤 생각을 하고 있을지 몰랐다. 절대 친한 척하지 않는 그 고양이는 내일도 여느 때처럼 아주머니를 만나러 올 테고, 6개월간 우정인 듯 아닌 듯 이어온 만남은 아마 앞으로도 그런 방식으로 이어질 것이다.

미처
하지
못한 말

내가 사는 동네는 길고양이가 별로 없다. 그런데 몇 달 전쯤, 고양이 한 마리가 저녁 시간마다 모습을 드러내더니 마치 반려인과 잠시 외출한 것처럼 걸어가는 사람 곁에 태연하게 붙어 동네를 산책하고는 했다. 내심 반가운 마음에, 나는 생선을 싫어해 평소 같으면 절대 손으로 만지지 않는 마른 멸치를 몇 마리씩 집어다가 바치곤 했다. 개냥이 기질이 있던 그 고양이는 내가 부르면 대답까지 하며 다가와 발목을 꼬리로 감았다.

어느 날, 이게 만약 묘연이라면 받아들이겠다고 혼자 결심한 나는 '따라오면 평생 같이 살자'는 굳은 결의를 다지며 살살 고양이를 꾀어내기 시작했다. 내가 강아지를 키우고 있기 때문에 무작정 데리고 오는 게 능사는 아니었다. 기분 탓인지도 모르지만, 그날따라 고양이도 제법 갈등하는 것처럼 보였다. 평소에는 아파트 입구 안으로는 들어오지 않고 앞에 있는 화단과 길로만 다니던 녀석이, 복도까지 나를 따라와 기웃거리는 것이다. 고양이도 내심 나에게 마음이 있는 게 아닐까 싶어 나는 본격적으로 설득을 시작

했다. 네가 원치 않는다면 강요는 하지 않을게, 하지만 너만 괜찮다면 난 너를 맞이할 준비가 되어 있어, 어때? 우리는 거의 십오 분가량을 그렇게 서로 마주 보았다. 고양이는 내가 별다른 몸짓을 하지 않았는데도 주춤주춤 몇 걸음을 더 걸어 들어오는가 싶더니 결국 돌아 나가 사라졌다.

그 후로도 몇 번을 더 만났지만, 언제부턴지 그 고양이는 나타났을 때와 마찬가지로 갑자기 모습을 보이지 않았다. 사람을 잘 따라서 누가 데려갔는지, 애초에 이 동네 고양이가 아니었는지, 나는 마음에 걸려 며칠 동안 밤마다 집 앞을 서성거려야 했다.

사실 사람을 잘 따르는 길고양이는 곤란하다. 세상에는 호의적인 사람만 있는 것이 아니고, 또 호의가 꼭 좋은 결과를 초래하는 것도 아니기 때문에. 사랑도 때로는 폭력이 될 수 있는 것처럼, 서로가 같은 마음이 아니라면 결국 마음의 무게가 무거운 쪽이 상처받고 만다. 길고양이에게 그것은 마음의 상처이자 어쩌면 돌이킬 수 없는 신체적 상처일 수도 있다.

어디론가 사라진 고양이를 떠올리며 나도 내 주변에 쌓아올린 울타리를 슬그머니 어루만져 보았다. 사람에게 쉽게 마음을 열었던 그 고양이의 성향이 천성인지, 그간 좋은 사람을 만난 덕분인지는 모르겠지만, 길에서 살아가기 위해서는 스스로 자신을 방어하지 않으면 안 된다.

물론 열쇠조차 없이 단단하게 걸어 잠근 울타리는 좋은 관계의 가능성마저 차단하고 만다. 하지만 그렇다고 해도 아무나 내 울타리 안에 들여놓고 나면, 그들이 어지르고 상처 입힌 정원을 치우는 것은 결국 자신의 몫이다. 모두에게 마음을 꽁꽁 닫는 것은 외롭지만, 쉽게 마음을 여는 것은 위험한 것이다. 고양이에게 그 이야기를 미처 해주지 못한 게, 나는 못내 마음에 걸렸다.

왜
그런 질문을
하는 거야

외롭냐고 네게 묻는 게 아무런 의미도 가지지 않는다는 사실을 나는 일찌감치 깨달았다. 너는 이미 그것이 온전히 혼자만의 것이라는 걸 알고 있다. 우리는 부질없이 외로움을 나누기 위한 노력으로 비밀 이야기를 털어놓고 밤늦게까지 퍼트린 웃음소리로 외로움을 달랜다. 그러나 외로움은 마찰할지언정 섞이거나 증발하지 않는다. 나는 너의 외로움을 들여다보고 싶지만, 그것은 투명하지 않다. 나누어 들어도 가벼워지지 않는다. 그저 조금은 부드러워지고, 약간 말랑말랑해질 뿐이다. 무게는 줄어들지 않지만, 밀도가 조금 옅어지고 흐물흐물해지는 너의 그것을 나는 손가락으로 꾹 눌러 자국을 내본다. 너는 못 본 척 몸을 슬쩍 뒤척인다.

말이
없는
눈

마치 영원히 상처받지 않을 것 같은, 혹은 도리어 모든 상처를 누르고 삭이고 있는 것 같은 눈은 그다지 말이 없다. 그러나 기어코, 끊어질 듯 위태롭지만 반짝반짝 은실처럼 빛나는 시선을 연결하는 데 성공했다면 고양이의 잠잠한 목소리가 전해질 수도 있다. 나는 항상 그 소리에 귀를 기울이지만, 너는 나를 조금도 궁금해하지 않는다.

그러다 보면 어느 순간, 그것도 모두 대수롭지 않다고 생각하게 된다. 바윗덩이만큼 버겁게 느끼고 있던 어떤 일도, 그 묵묵한 시선과 이어진 다음에는 서서히 무게가 덜어질 때가 있다. 그것이 어쩌면 나의 짐을 너에게 건네주는 것 같아 가끔은 마음이 묵직해지지만.

상실

나는 터져 나올 것 같은 울음을 꾹 참고 짐을 챙기고 있었다. 울고 싶은 이유가 수도 없이 널려 있었고 나는 그걸 펼쳐보지 않은 채로 가방 안에 무작정 잡히는 대로 쑤셔 넣었다. 어딘가에 도착하면, 그곳에서 구겨진 이유들을 천천히 하나씩 꺼내어 구김을 펴주고 마침내 눈물을 쏟아낼 요량이었다. 어찌할 줄 모르는 울컥함을 꽁꽁 싸맨 채 일단 당찬 걸음부터 내딛는 나를 너는 담담히 지켜보고 있었다. 내가 가방을 풀어놓을 곳은 아직 생각해내지 못했다는 것을 너는 알고 있었던 것이다. 시간도 장소도 의미 없어진 그 자리에서 나는 가방 꾸러미를 움켜쥔 채 벌떡 일어났고, 그 다음에는 너의 눈길을 느끼며 당혹스러운 마음에 그만 꿈에서 깨어나고 말았다.

긴 여행을 떠난다는 것

삶의 긴 실선에서 몇 군데쯤, 긴 여행을 떠나야만 하는 순간이 있을 것이다. 그렇지 않고서야 끝나지 않을 것처럼 되풀이되는 시간의 속박을 견뎌낼 수가 있을까. 하지만 대개 그 지점을 미처 보지 못하고 지나치거나, 아니면 못 본 척하며 현실에 발을 묶고 만다. 참을성이란 또 한편, 어른을 이루고 있는 몇 가지 요소 중 하나이므로.

그러나 긴 여행길에 접어들고 그 낯선 적막 속에 홀로 놓였을 때, 스스로의 안으로 깊이 침잠해 들어갔을 때에도 외로움은 어딘가에 씻겨 내려가지 못하고 남아 있다. 모두들 한 번쯤 입 안에 머금어 봤을 문장처럼, 사람은 본래가 모두 외롭기 때문에.

그러나 너에게는 아마, 외로움조차 사치일까. 길 위에서 언제까지고 여행을 계속하고 있는 너에게, 매일 걷는 그 길은 너의 일상인 동시에 무슨 일이 일어날지 모르는 험난한 여정의 땅일까.

우리는 아마도, 그곳에서 그저

자신처럼 외로운 누군가를 찾아 몸을 맞대어 보아야 할 것이다.

그 온기만이, 몇 겹으로 단단히 쌓인 너의 울타리를 넘어

딱딱하게 굳어 버린 외로움을 어루만져줄 것이므로.

내게는 여행,
네게는 일상

바다가 있는 도시에 대해 기묘한 향수를 느낄 때가 있다. 바다가 있는 곳에서는 한 번도 살아본 적이 없는데, 도리어 그래서 생긴 애틋함일지도 모르겠다. 스무 살이 되어서야 처음으로 홀로 기차를 타고 다섯 시간가량을 달려 부산에 도착했을 때, 나는 벌써부터 이 낯선 도시가 성큼 마음에 들었다. 그 후로도 부산에는 자주 왔다. 일상을 잠시 내버려두고 온 장소, 일단 파도 소리를 품은 공기가 나를 다독여 주었다.

감천문화마을은 관광지인 동시에 실제로 사람들이 살고 있는 동네다. 빨래가 널려 있고, 문 앞에 놓인 대야에는 감자와 양파가 들어 있다. 길을 잘못 들어서면 다른 이들의 주거 공간을 방해하게 되기 때문에, 구불구불한 길을 따라 나 있는 화살표 모양 지표를 잘 따라 걸어야 한다. 첫 번째 알록달록한 물고기 지표를 따라 들어서자마자 동네 고양이가 내 앞을 휙 날아 지나갔다.

수많은 이들이 오가는 데 이미 익숙할 동네 고양이는 잠시 나를 살피더니 사다리를 타고 미련 없이 올라가 버렸다. 일단 접수했으니 알아서 둘러보고 가라는 듯이. 어쩐지 내가 이방인이라는 기분보다, 그들의 영역 안으로 포개어졌다는 실감이 난다. 호들갑 떠는 걸 싫어하는 나로서는 그 동네 고양이들의 대수롭지 않은 태도를 보면 마음이 놓인다. 무엇을 해도 좋고, 무엇을 하지 않아도 좋다는 허락을 받은 것 같은 기분이랄까.

주변에서 과장되게 칭찬하거나 격려하면 오히려 마음이 무거워질 때가 있다. 대수롭지 않은 듯 행동하고, 태연한 척이라도 했을 때 태연해진다. 섣불리 초조해하지 않고 기다리면 긴장된 순간도 지나가게 마련이다. 무언가 이루어 내고 설명하기 위해 있는 힘껏 에너지를 짜내는 대신, 네가 무슨 생각으로 이곳을 찾았든 내 알 바 아니라는 길고양이의 무심한 눈빛을 받는 게 도리어 안심이 될 때가 있는 것이다.

침착하게 걸음을 내딛으며 귀 기울이니 동네는 고요했다. 고양이 발소리도 들리지 않았다.

지친 하루

햇볕이 기력을 다 빨아먹어
바삭바삭 말라버린 몸으로
지하철을 타고 귀가하는 날.
오늘도 어제도 그제도 좋은 일이라고는 없고,
시간만 무기력하게 흐르는 지친 날,
나와 똑같이 지친 걸음으로
타박타박 걸어오는 길고양이와 마주치면
네가 보냈을 하루에 대해서 생각한다.
그늘마저 익혀버릴 것처럼 아스팔트가 펄펄 끓는 날,
길 위에서 보낸 너의 하루는 어땠을까.

지친 우리에게는 어쩜 서로가 필요하지 않을까, 눌러 놓았던 생각이 또 슬그머니 치밀어 오른다. 우리 집으로 갈래? 말을 채 누르지 못하고 내뱉어 버리면 고양이는 나를 빤히 올려다본다. 서로 더 이상 말은 하지 않아도, 우리는 서로가 무슨 생각을 하고 있는지 알고 있다.

내가 이 생명을 책임질 수 있을까? 솔직히 자신은 없다. 그래도 나를 따라오면 운명으로 받아들이고 평생 아껴줄게.
네가 날 책임질 수 있을까? 한순간의 결정은 너무나 많은 시간과 비용과 에너지를 좌우할 텐데.
널 믿을 수 있을까? 어쩌면 오히려 네가 나와 함께하는 삶을 택한 것을 후회하는 순간이 오지는 않을까? 너는 어떻게 생각하니?
그런 갈등.

길고양이의 수명은 고작 3~4년에 불과하다. 고양이가 타고난 수명이 10여 년이라는 사실을 떠올려 보면 말도 안 되는 시간이다. 그들의 삶이 고단한 것은 결국 그들의 땅 위에서 우리가 살아가고 있기 때문이 아닐까. 그렇다면 한 마리라도 나의 안전한 울타리 안에서 살게 해주는 것이 내가 해줄 수 있는 일이 아닐까. 일단 결정하고 나면 되돌릴 수는 없다. 집에서 기르던 고양이를 다시 길로 내보내는 것은 그 고양이의 생존을 포기한다는 것과도 직결되는 문제가 되므로.

그러나 충분한 용기를 짜내지 못한 우리는 결국 눈길을 돌리고 만다. 그래도, 저녁 식사 한 끼 대접하는 것 정도는 괜찮겠지? 가방에서 주섬주섬 캔을 꺼내는 것으로 나는 우리의 짧은 인연을 매듭짓는다. 내가 도움을 줄 수 있을 때, 내가 필요한 순간에 눈을 감고 귀를 막지는 않을 것이라는 정도가 내가 이 길 위에서 할 수 있는 다짐이고 약속일 것이다. 터덜터덜. 너의 하루와 나의 하루가 그저 함께 저문다.

냥줍의 촉감

생명을 거두는 일이 이렇게나 조심스럽고 어려운 것인데도 묘연은 생긴다. 우연히 근처 사무실에서 고양이를 주웠다는 소식을 SNS를 통해 봤다. 그들은 고양이에 대해 아무것도 몰라 당황해했다. 고양이는 태어난 지 겨우 2주나 됐을까 싶을 정도로 무척 어렸다. 건물밖에 없는 회사 단지에 왜 새끼 고양이가 버려졌는지는 모른다. 일단 살려야 한다는 생각에, 고양이에 대해 조금이라도 잘 아는 사람이 도와줘야 하지 않을까 싶어 연락을 취해 인계받기로 했다. 고양이는 건물 복도 계단에 놓아둔 박스에서 삐익삐익 울고 있었다.

예기치 않은 생애 첫 임시 보호를 덜컥 맡게 된 것이다. 고양이는 생각보다 더 작았다. 손바닥으로 잘못 쥐면 부서질 것 같기까지 했다. 어미 고양이의 정성으로 네 시간에 한 번씩 젖병을 물리고, 배변을 받아주고, 페트병에 따뜻한 물을 받아 수건으로 감싸 잠자리에 놓아주었다.

아기 고양이는커녕 갓난아기도 가까이서 본 적이 없는 나로서는
매일 아침 이 생명이 꼬물꼬물 눈을 뜨는 것이 경이로웠다.
생명체 덩어리 정도로 보이던 것이 시간이 지나며
제법 고양이 모양새를 갖추어갔다.
눈을 더 크게 떴고 귀가 쫑긋하게 섰다.
숨 쉬는 생명체 덩어리에서 마침내 아기 고양이로
업그레이드를 한 녀석은 고양이가 있는 집으로 입양되었다.

누군가의 도움이 없으면 살 수조차 없는 존재를
가까이서 보는 건 기묘한 경험이었다.
몰랐던 것이 아님에도 정말로 현실로 대하고 보니 놀라울 뿐이었다.
아무것도 할 줄 모르는 생명체에 대한 냥줍의 무게가 어찌나 무거운지,
손 위에서 느껴지던 살결과 숨결의 감각은
무거운 것으로 지그시 눌러둔 찰흙처럼
아주 오랫동안 그대로 남아 있었다.

유전
받았다

잘 살펴보니 둥글게 웅크리고 있는 어미 고양이 뒤에 아기 고양이가 있었다. 색깔도 무늬도 꼭 닮았다. 아기 고양이는 오랫동안 웅크리고 있는 것이 답답한 듯 기지개를 쭉 펴더니 엄마를 지나쳐 혼자 자리를 잡았고, 그 모습을 지켜보던 어미 고양이도 똑같이 기지개를 쭉 펴고는 다시 그쪽으로 자리를 옮겼다. 어미 고양이는 내내 새끼가 어디로 가는지 눈으로 좇고 있는데, 아기 고양이는 그러든지 말든지 낯선 사람을 경계도 하지 않고 눈을 말똥말똥 뜨며 올려다본다. 아무튼 간에 애들은 하나같이 엄마 마음을 그리도 모른다. 애도 안 낳아본 나는 애늙은이처럼 짐짓 어른스럽게 혀를 찼다.

누구 못지않게 까칠한 사춘기를 보내며 엄마 마음을 그리도 몰라주던 나는 성인이 되어서야 엄마의 어설픔을 이해하게 되었다. 엄마도 예민한 여고생 딸을 키워보는 것은 처음이었던 것이다. 엄마의 투박한 표현 속 진심을 알아채는 것과 함께, 냉장고에 날짜 지난 두부를 방치하거나 집에서 30분만 멀어지면 길을 헤매는 엄마에게 도리어 잔소리하는 날들이 생겼다.

엄마는 나에게 정리정돈을 못 하는 습관과 쉽게 살이 찌는 체질과 길에서 동물을 보면 그냥 지나치지 못하는 유전자를 물려주었다. 돌이켜보면 우리 집은 노란 병아리 상자나 욕조 위에 띄운 새끼 오리, 베란다를 통해 실수로 들어온 참새 따위에 늘 너그러웠다. 복도에서 발견한 길 잃은 강아지를 돌봐주고, 길고양이가 서성이면 생선을 집어주는 건 나보다도 엄마였다. 엄마는 토끼를 키우는 것만은 반대했는데, 어릴 때 토끼 밥을 주다가 손톱이 빠질 정도로 물려서 한참을 고생했기 때문이란다.

엄마에게 듣는 이야기보다 세상 속에서 경험하며 습득하는 것이 더 많아진 지금, 나는 엄마와 많이 다른 어른이 되었을까? 강아지를 세탁기에 넣고 돌리는 따위의 황당무계한 사건이 발생하는 요즘, 나는 조르지 않았는데도 어린 우리 남매의 품에 강아지를 안겨주었던 엄마에게 깊이 감사한다.

얼굴은 하나도 닮지 않은 엄마의 유전자가 나를 이루고 있다는 건, 엄마가 나를 낳았던 나이를 넘어가고 나니 더욱 실감하게 된다. 서울에서 나고 자란 내가 전라도 김치를 가장 맛있게 먹을 때, 신경질 내며 싸우다가도 미안하다는 말없이 태연하게 화해할 때도. 그리고 내가 다시 나를 닮은 아이를 낳을 거라는 생각을 하면 왠지 아찔해지기는 한다. 아직은 아기보다 동물이 좋다는 나에게 엄마도 애 낳을 생각은 없었다나 뭐라나, 무자식이 상팔자라나 뭐라나……. 지금의 나와 똑같은 생각을 털어놓는다.

장담할 수 없는 일

도로에 새끼 고양이가 누워 있었다. 한적한 길도 아니고 차들이 빠르게 달리는 서울 한복판이어서 처음에는 그게 고양이인 줄도 몰랐다. 신호가 걸려 잠시 멈춘 틈을 타 차에서 내려 고양이를 안았다. 어디를 다친 건지 모르지만 뒷다리를 잠시 허우적거리더니 눈 한 번 마주칠 틈도 없이 숨을 멈추고 말았다. 경황이 없어 동물병원에도 들어가고 구청에도 전화를 하다 허둥지둥 아이를 떠나보냈다. 아무것도 해줄 수 없었지만 도로에서의 2차적인 사고가 일어날 가능성을 막은 것만으로도 다행이라 생각해야 했다.

무슨 사고가 있어서 혼자 도로에서 버둥거리고 있었을까. 사연은 알 수 없지만 이 도시에서 일어나고 있는 수많은 사고 중 하나라는 사실은 알 수 있었다. 새끼 고양이는 어디에서나 태어나지만 충분한 준비 없이 차와 사람과 도시에 맞닥뜨려야만 한다. 당장의 내일을 장담할 수 없는 것은 어떤 생명체에게나 공평하겠지만, 사람들이 만든 삶의 흐름을 따라 살 수밖에 없는 길 위의 생명들에게 조금의 가책은 느껴도 좋은 것이 아닐까.

다행히 별 일이 없으면 호기심 어린 눈으로
쌩쌩 움직이는 차와 바삐 걷는 사람들의 발자국을 좇을 수 있을 것이다.
별 일이 생기면 수명의 반의반도 안 되는 시간 만에
여린 생을 마감해야 한다.
누구든 상처 하나 없이 완벽하게 태어나지만,
살아가면서 상처는 늘어만 간다.
그건 고양이도 마찬가지다.
다음을 기약할 수 없는 인사만 수없이 길 위에 내려놓는다.

이유 없는 승부

길 건너편의 고양이가 곤경에 처해 있었다. 교복 입은 소녀가 길을 가다 말고 신경질을 내며 검은 고양이를 쫓고 있는 것이었다. 고양이와 소녀는 적과 대치하는 영화 속 한 장면처럼 차 한 대를 사이에 두고 반 바퀴를 뱅 돌았다. 마찬가지로 교복을 입은 친구가 소녀를 말렸다. “야, 그만해. 네가 이겼어, 그냥 가자.” 그래도 미련을 버리지 못하고 주춤거리던 소녀는 이내 친구를 따라 가던 길로 돌아갔다. 왜 쫓은 것일까, 영문 모를 사냥이었다. 이쪽 편의 고양이는 마음이 불편한 듯 내내 시선을 떼지 못하고 지켜보고 있었다.

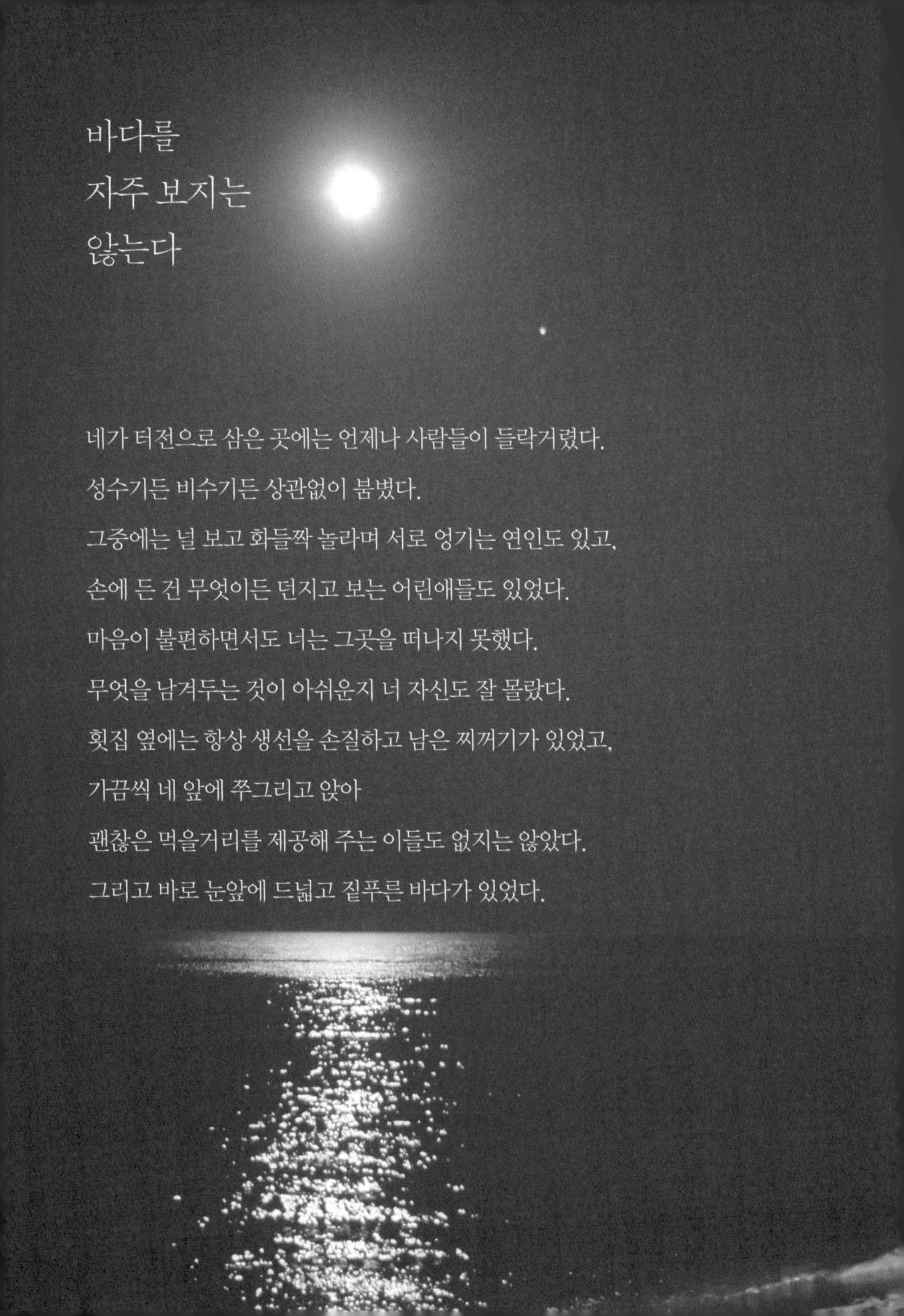

바다를
자주 보지는
않는다

네가 터전으로 삼은 곳에는 언제나 사람들이 들락거렸다.
성수기든 비수기든 상관없이 붐볐다.
그중에는 널 보고 화들짝 놀라며 서로 엉기는 연인도 있고,
손에 든 건 무엇이든 던지고 보는 어린애들도 있었다.
마음이 불편하면서도 너는 그곳을 떠나지 못했다.
무엇을 남겨두는 것이 아쉬운지 너 자신도 잘 몰랐다.
횟집 옆에는 항상 생선을 손질하고 남은 찌꺼기가 있었고,
가끔씩 네 앞에 쭈그리고 앉아
괜찮은 먹을거리를 제공해 주는 이들도 없지는 않았다.
그리고 바로 눈앞에 드넓고 짙푸른 바다가 있었다.

그 바다를 바라볼 만한 여유가 있다는 뜻은 아니다. 너에게 중요한 건 바다가 아니라 어수선하게 달리는 차들을 위태롭게 피하는 것이기 때문에. 그러나 바짝 곤두선 마음을 가끔씩 적실 수는 있었다. 그래서라고 확신할 수는 없지만, 어쨌든 앞으로도 너는 이곳을 떠나지 못할 것 같다고 생각한다. 어디엔가 더 나은 삶이 준비되어 있다는 약속은 없고, 그곳에도 바다가 있으리라는 보장은 더더욱 없으므로.

골목 깊숙이 내려앉은 어둠에 귀 기울이면

자신을 닮은 수많은 연애 소설에 감정을 토해내다 기진맥진하고

물을 끼얹으면 사라지는 거품 같은 행복에 겁내 뒷걸음질 치며

채도 높은 세상 속 홀로 막막한 어둠에 갇혀 두려워하는

사람들의 불안하고 약한 사랑이 발자국마다 새어나오는데

그런데도 나는 이미 길목에 오도카니 놓여

온종일 기다리던 너의 걸음이 나에게 가까워지는 소리를 잠자코

하나 둘

세어보고 있는 거야

#2 당신과 나의 적당한 거리

위로의 필요

왜, 위로라는 게 필요할까? 그 대답을 꽤 오래 찾지 못했다. 모든 괴로움은 내 안에서 스스로 단단하게 뭉치고 결국에는 소화시켜야 하는 일이었기 때문에. 하지만 자신이 소화시킬 수 있는 정도의 한계에 부딪쳤을 때, 혹은 몇 번의 돌덩이를 소화시키는 과정에서 소화 기능이 약해졌을 어느 때, 소화제를 먹듯이 담담한 위로를 삼키는 게 얼마나 소중한 일인지 이제는 알 것도 같다. 위로를 순순히 받아들이는 데까지는 자존심과 시간이 많이 들었다.

당신의 고통 역시 불공평한 신의 산물이 아니라는 것은 이미 알아차렸을 것이므로, 결국은 내면으로 파고들어가 그 모든 걸 달래고 뭉쳐 부드럽게 빚어내야만 한다. 그때 바깥에서는 수많은 감정의 파편이 모여 미지근한 온도로 당신을 보듬어줄 수 있다면 좋겠다. 그저 어느 평범한 날이, 그리고 일상적인 어떤 마주침이.

유심히
귀 기울이다

내 목소리를 한 음절 한 음절 세심하게 듣고 소화시키는 너를 지켜보면서 나는 조금 슬퍼진다. 네가 내 말을 이해하는 데는 시간이 아주 오래 걸린다. 한 글자도 떨어뜨리지 않고 차곡차곡 개어 넣는 너의 속도를 무시한 채 나는 내 이야기를 쏟아내기에 여념이 없다. 나를 그렇게 유심히 읽지 않아도 된다고 말해주고 싶다. 처음부터 끝까지 또박또박 읽어내지 않아도 좋은, 시시한 이야기라는 말을 먼저 해줄 걸 그랬다. 내 안의 서러움과 불안함과 초조함은 너에게 충고할 여유도 주지 않고 와르르 쏟아져 나온다. 나는 체념하고 이야기를 계속한다. 어차피 너는 이미 나를 이해하고 있을 테다.

우린 이걸로 됐어요

오늘도 이 골목을 지나가는 아가씨, 저 가게 단골이에요. 커피 한 잔을 시키고 얼마나 오래 있다 가는지, 옆자리에서 한참 자고 일어났다 싶은데도 아직 그 자리에 앉아 있죠. 물론 그런 손님이 한둘은 아니에요. 하지만 이 아가씨가 오면 나는 유난히 궁금한 마음에 슬그머니 몸을 일으켜 가게 안으로 따라 들어가 그쪽 의자로 건너가곤 해요. 내가 그러거나 말거나 그녀는 그냥 가만히 있기만 하죠. 나를 쓰다듬거나 만진 적도 없어요. 어쩌면 내 몸이 지저분하다고 생각하는지도 모르지만, 내 생각에 그건 아닌 것 같아요. 마치 어릴 때 헤어진 남매라도 보는 눈빛으로 나를 응시하거든요. 정확히 설명할 수는 없지만 나도 그 눈빛이 아주 싫지는 않아요.

이 카페 주인아저씨는 아가씨가 돌아가고 나면 가끔 혀를 차요. 뭔가 내가 모르는 걸 알고 있는 모양이에요. 주인아저씨는 투박한 손길로 나에게 사료나 생선 꼬리 같은 걸 나눠주곤 해요. 친절하지는 않지만 아마 착한 사람일 거예요. 처음 만났던 추운 겨울날, 바람 피할 곳이 없어 카페 앞에서 몸

을 웅크리고 어찌할 바 모르던 나를 들어다 난롯가 옆에 눕혀주었거든요. 난 아마 겨울에 태어났나 봐요. 그래서 카페 단골 아가씨가 자꾸 궁금한 것인지도 몰라요. 소매 끝으로 나온 하얀 살결의 손목이나, 입고 다니는 긴 스커트의 보들보들한 끝자락이 무척 따뜻해 보여서요.

아가씨가 집으로 돌아가면, 나도 가게를 나와 다시 길로 돌아가요. 가게 아저씨는 이것도 인연이라는 둥 하는 소리를 토닥토닥 중얼거리며 나에게 밥을 주러 따라 나오죠. 이거 뭐, 삼각관계 같기도 한데요? 사실 언젠가는 그 아가씨의 무릎 위로 올라가 보들보들한 치마의 감촉을 느껴보고 싶기도 해요. 하지만 안 할래요. 우리는 아마 이 정도 거리가 딱 적당할 거예요. 난 그걸 본능적으로 알아요. 시시콜콜 상처를 어루만져주는 것이 아니라, 알듯 말듯하게 그저 눈으로만 대화를 나누는 정도의 거리 말이에요.

당신의 것,
혹은
당신의 것이 아닌

대학 동기의 결혼식에 가지 않았다. 축의금을 입금하고 축하 메시지를 보내는 것으로 갈까 말까 당일 아침까지 망설이던 고민을 털어냈다. 만나고 싶지 않은 사람을 마주칠 것 같아서였다. 사랑은 남이 되는 순간 무색해진다. 자신의 모든 것을 걸었던 시간이 끝에 닿으면 현실감은 모두 증발해 버린다. 너만 있으면 될 것 같았던, 내 세상의 전부였던 연애는 끝나고 나면 나를 갉아먹고 내 삶을 무너뜨린다.

그 시절에 우리는 온 힘을 다해 사랑했을 것이다. 그 당시 우리의 연애라는 건 사랑인 동시에 소유였다. 우리는 보통의 이십대 연인들이 그렇듯 서로의 기상 시간부터 점심 때 먹은 학식 메뉴, 잠들기 전에 생각하는 것까지 모두 알려주고 알고 싶어 했다. 그러나 청춘의 화르르 타오른 사랑이 사그라지는 순간은 시시하기 그지없었다. 우리는 이별을 앞둔 많은 연인이 그렇듯 더 이상 긴 대화를 나누지 않았다. 너무 많이 싸우느라 재만 남은 불꽃의 잔해에는 미래가 없었다. 상대를 소유하려는 마음은 사랑의

3660-8282

기본이지만 동시에 고통의 근원이기도 하다는 것을 이미 어렴풋이 알고 있었다. 매 순간을 그와 공유하고 그러나 이해받지 못하는 일이 반복되자 나는 더 이상 나로서 존재하는 것 같지 않았다. 그저, 혼자 있고 싶은 날이 많아졌다.

결혼식에 가는 대신 낯선 길에 접어들어 골목을 서성였다. 따가운 햇살 탓인지 사람도 별로 없고, 어디서부터 길을 잘못 들었는지 그 흔한 카페 하나도 보이지 않았다. 목적지도 없고 덥기만 해 신경질이 나려는 찰나, 고개를 홱 돌리니 골목길 한가운데 앉은 고양이가 모델처럼 콧대를 높인 자세로 나와 눈이 마주쳤다. 나는 서 있고 고양이는 앉은 채로 잠시 대치했는데, 고양이는 나 같은 건 안중에도 없다는 듯 고고하게 시선을 돌렸다. 그래도 달리 할 일이 없는 내가 집착하며 계속 쳐다보고 있자, 뒤에서 미소 섞인 책망의 목소리가 들렸다. "쿠키!"

길가에 내놓은 플라스틱 의자에 앉아 부채질을 하고 있는 할머니와 할아버지는 "너도 인사 좀 하렴." 하는 듯한 말투로 고양이 이름을 다그쳐 불렀다. "아, 길고양이 아니었네요." 머쓱하게 물러나자 할머니가 부드럽게 고개를 끄덕였다. 고양이 쿠키는 흥 하는 듯 길게 기지개를 펴더니 일어나서 내 앞을 지나쳐 갔다. 할머니의 무릎 위로 올라가나 싶더니 두 분의 시선이

직선으로 닿는 가게 앞으로 가 다시 자리를 잡았다. 두 분은 가끔씩 이름을 불러주기만 하고, 고양이는 껌딱지처럼 붙어 있지는 않지만 너무 멀리 가 버리지도 않는다. 그 골목의 풍경은 그게 다였다.

보통 고양이는 혼자 있는 것을 좋아한다고 생각한다. 하지만 고양이가 자신을 반려묘로 생각하는 어떤 이들과 믿음을 바탕으로 하나의 생활을 함께하는 모습은 흔히 볼 수 있다. 그들은 어쩌면 적절한 사랑의 거리를 이미 알고 있는 것이 아닐까. 당신을 소유하는 것이 아니라 당신다움을 지켜보는 것, 당신의 시선이 닿는 곳에서 나답게 살아가는 것, 넘치지도 모자라지도 않는 거리에서 사랑하는 법을 말이다.

나는 그와 헤어졌고, 서로와 지나치게 겹쳐 있었기에 헤어질 때의 우리는 자신의 일부마저 떼어내야만 했다. 온갖 것을 다 쏟아냈던 그때의 사랑이 의미 없다고는 생각하지 않는다. 그 상처는 우리를 더 단단하게 만들어주었을 것이고, 우리는 조금 더 어른스러워지고 조금은 더 성숙해졌을 것이다. 그러니 다음 사랑은 그리 뜨겁기만 하지 않아도 좋았다. 다만 그와 내가 서로를 성급히 떠나버리지는 않을 것이며, 그저 같은 일상 속에서 함께 걷고 있다는 믿음을 주고받을 수 있기를 나는 바랐다.

예정된 상처의 덤덤함

이미 헤어진 연인이 그때의 자리로 돌아가 다시 만나면 어떻게 될까. 그 일을 겪은 수많은 이들이 조언하듯, 대부분의 경우에는 한 번 더 똑같은 일이 반복될 뿐이다. 생각해 보면 징후는 있었을 것이다. "그런데 말이야……." 하고는 이어지지 않는 말의 공백이라든가, 도시락에 대한 사소한 다툼이 배려에 대한 본질적인 문제로 넘어가는 순간이라든가. 결국 다시 만나 행복해진다는 3%의 확률에 우리는 들지 못한다는 사실을 기어이 경험하고 나서야, 시간을 되돌리려는 다른 연인들에게 한 번 더 생각해 보라고 또다시 조언하는 것이다.

고양이는 아픔을 겉으로 표현하지 않는 데 익숙하다고 한다. 야생에서 살았을 때, 아픈 것을 드러내면 공격의 대상이 될 수 있었기 때문이란다. 하지만 아픔을 견디는 데 익숙하지 않은 우리는, 그저 아픔이 반복되어 굳은살이 생길 때쯤에야 덤덤해진다. 마치 두 번째 이별을 맞는 연인들처럼. 이별도 경험이라 면역이 되며 무덤덤해지게 마련이고, 마침내 우리는 인

정하고야 만다. 이건 이미 예정된 상처이며 예고된 이별이라는 것을. 그러니 지난 이별에서 슬퍼하고 남은 여운만큼만 마저 슬퍼하면 되는 것이 아닐까. 그리고 이번에야말로 이 연애와는 완전히 이별하는 것이다.

그래도 마음이 아플 때면 잠자코 시간을 흘려보낸다. 어떨 땐 아무리 아껴써도 부족했던 시간이, 어떤 날은 손가락 사이로 아무리 흘려보내도 너무나 많이 남는다. 충분한 시간이 상처의 고랑을 세차게 흐르고 나면 마침내 깊게 패인 마음도 편평하게 다져질까. 또다시 울 필요는 없다.

모순

때로 당신이 미치도록 보고 싶다가, 때로는 조금도 보고 싶지 않다. 지금 내 옆에 당신이 있다면 모든 게 괜찮아질 것 같다가, 당신이 다가오면 간신히 유지하고 있는 모든 게 엉망이 되어버릴 것 같다. 가만히 바라보는 눈빛만으로 내 마음을 이해하고 달래줄 것 같다가, 당신의 존재만으로 피곤하고 불편해 견딜 수 없을 것 같다.

심술궂은 마음을 당신이 모두 알았으면 하다가도, 당신이 더 괴롭도록 전혀 알아채지 못했으면 좋겠다.

유효기간이 다 된 사랑에 대처하는 법

하나의 좋아하는 마음이 다하고 나면 그 마음은 어디로 가는지에 대해서 가끔씩 생각한다. 어디서 왔는지도 모르게 시작되었을 때와 마찬가지로 그것은 조용히 죽임당하고, 끝내는 처음부터 없었던 것처럼 사라지고 만다. 지난 사랑이 시들고 말라버린 줄기처럼 까맣게 타들어가 바스러진 다음에는, 그 흔적을 거름 삼아 또 다른 싹이 나고 태연히 두 번째 꽃이 피어날 것이다.

어쩌면 하나의 사랑이 끝날 때 그 세계가 모두 끝장나는 것일 수도 있다. 하나의 세계가 종말을 맞이하고 나면 열쇠 없는 자물쇠로 굳건히 두꺼운 문을 잠가버리는 것이다. 그리고 전혀 다른 곳에서 다시 하나의 세계가 시작된다. 거기에는 시작만 있다. 지난 역사와 흔적은 이미 어딘가에 가두어진 채 영영 말을 잃었으므로.

하나의 사랑이 끝장나고 새로운 사랑이 시작될 때, 이전의 사랑은 어떻게 되어버리는 걸까? 언젠가는 진짜였고, 생생하고, 현재 진행형이었으며, 또렷한 색채로 가득 차 있었지만 어쨌거나 많은 것이 달라졌다. 지나간 시간이 흐릿해져 가는 것을 우리는 그저 오도카니 앉아 바라볼 뿐이다. 내 안에 하나의 세계가 시든 덕분에, 우리는 또 얼마만큼 더 조심스러워진다.

사랑이
이월된다면

남은 사랑이 이월된다면 좋겠다. 내 사랑은 이제 시작인데 너의 사랑은 이미 끝나버렸을 때, 넘치는 사랑을 견디지 못해 그 잔해만 마음속에 흩날릴 때, 남은 사랑이 미련이나 집착이라는 다른 이름으로 옷을 갈아입기 전에 그저 새로운 사랑을 준비하는 밑거름이 된다면 좋겠다. 그 남은 사랑이 싹을 틔워준다면 조금 더 쉽게 새로운 꽃을 피워낼 수도 있을 것이다. 낯선 사랑에 당황하지 않고, 헤매지 않고, 미처 끝내지 못한 사랑을 이어가듯이, 새로운 만남을 가꿔볼 수 있을 텐데.

아니다, 실은 틀렸다. 난 사랑의 흔적은 그대로 곱게 접어서 마음 구석에 차곡차곡 쌓아두는 편이 좋겠다. 사랑은 모두 다른 얼굴을 갖기 때문에. 화분에서 꽃피웠던 지난 사랑이 시들어 바스락거릴 때, 이번에는 작은 둥지 속에서 사랑은 알을 깨고 태어나기 때문에.

그
거리가
딱 좋아

잠깐만, 바쁜 게 아니면 거기 멈춰서 내 이야기 좀 들어주면 안 될까?

왜 그럴 때가 있잖아, 나에게 조금도 관심 없는 누군가가 필요할 때. 내가 어떤 사춘기를 보냈고, 어떤 트라우마가 있으며 어떻게 성인이 되어 어떤 사회에서 살아가고 있는지 아무것도 모르는 누군가가 필요한 순간.

내 구구절절한 사연에 담긴 괴로움의 무게에 대해 조금도 나눠 가져주지 않을 것 같은 무심한 눈빛을 가진 존재에게만, 오히려 더 내밀한 이야기를 털어놓을 수 있을 때가 있잖아. 그래, 너무 가까이 오지 않아도 괜찮아. 내 목소리가 닿지 않을 만큼 너무 멀리만 가지 말고, 그 거리면 딱 좋겠어.

사랑한다는
말로도
위로가 되지 않는

당신의 단단한 사랑에 감싸여 있을 때도 내 마음은 침착하지 못하게 술렁였다. 겉은 딱딱한 껍질 같지만 그 속에 담겨진 사랑은 출렁이는 액체처럼 어수선했다. 꽃처럼 화려한 사랑이 한철만 피고 지듯 사그라져, 그 주변에 머무르던 반짝임마저 영원히 꺼져버리는 순간을 나는 자주 상상했다.

사랑은 때로 내가 자신에게 휘두르는 폭력이어서, 언젠가 당신을 잃을까 봐 괴로워하는 시간만이 점점 더 늘어갔다. 도저히 오지 않는 고도처럼, 때로는 당신이 도착해도 기다림은 끝이 나지 않았다.

사랑한다는 말로도 위로가 되지 않는 순간은 사랑이 끝났을 때만 오는 것은 아니었다. 사랑이 충만할 때도 말은 필요하지 않았지만, 달콤한 것들이 대개 그렇듯 사랑이란 무르고 연약해 쉽게 허물어 내릴 수도 있는 것이었다.

어쩌면 내가 한껏 기대도 안심할 수 있는 것은 너의 사랑이 아니라
나의 청춘이었을 것이다.
상처받아도 이내 아물 수 있는 젊음,
재가 되어 바스라지기 전까지 눈부시게 타오르는 열정,
혹은 채 성숙하지 못했던 어린 사랑의 종말이
비로소 위로가 되고 마는 어떤 순간 같은.

기다림과
길들임

네가 4시에 온다면 나는 2시부터 행복해질 준비가 되어 있었다. 네가 언제나 같은 시간에 나를 찾아오는 것에 나는 금세 길들여졌다. 그러니 갑자기 그 기다림이 끝났을 때 나는 어찌할 바를 모르고 만다.

처음부터 익숙해지지 않았으면 좋았을 걸. 남은 기다림은 소모되지 않은 채 점점 짙어지고 묵직해진다. 그 무게에 나는 채 걸어 나갈 수도 없을 지경이었다. 기다림이 차츰 내 삶을 좀먹어 갔다. 길들여지는 것에 대한 책임은 이렇게나 두터운 것이었다. 숨을 쉴 수 없을 만큼. 기다림을 걷어내야 세상이 또렷하게 보일 걸 알면서도, 나는 네가 내일 4시에는 도착할 것이라는 기대를 버리지 못한다.

모르고
지나치다

어떤 경우에는, 끝을 보고도 끝인 줄 아는 데 시간이 좀 걸린다. 눈이 마주치며 스친 다음에도 그것이 끝이었는지 모를 때도 있다. 내가 생각하는 끝은 그런 모습과 그런 소리와 그런 냄새를 가지고 있지 않았기 때문에. 그러면 끝인 줄도 모르고 그것을 지나쳐 가다가, 생경해진 공기를 문득 깨닫고 우뚝 멈춰서는 것이다. 그 다음에는 버려진 박스에 들어 있는 고양이가 된 것처럼 자리에서 몸을 웅크리고, 느닷없이 깨달은 끝에 대해 의아해하는 것밖에는 할 수 있는 일이 없다.

그곳에 그대로 멈춰 기다리고 있으면, 또 누군가의 체온이 닿으며 시작이 찾아올까. 그러면 그를 경계하며 털을 부풀리고, 또 조금은 기대하는 마음으로 머뭇머뭇 품에 안겨도 좋은 걸까.

미안하다는 말은 듣고 싶지 않다

그 길에 멈추면 반드시 마른 낙엽 냄새가 났다. 봄에도, 여름에도, 눈이 하얗게 덮인 겨울 길에서도 그랬다. 낙엽이 바스러지는 냄새를 흠뻑 들이마시며 나는 무력감에 젖는다. 내 걸음에 모래주머니처럼 진득하게 매달린 무거운 절망이 무엇인지 안다. 하지만 나는 그 무게를 걷어내지 못한다. 어차피 가벼워진 걸음은 내가 길을 잃게 만들 것이므로.

과거의
네가
현재에 있다

나는 네가 어떤 사람이었는지 자꾸만 잊는다. 네가 과거에서 걸음을 멈추자 내게는 멈추지 않고 시간을 밟아온 그때의 내가 남았다. 마치 과거의 내가 옅어진 것처럼, 지금의 나를 제대로 보는 일은 몹시 힘이 든다.

나는 네가 현재였으면 좋겠고, 혹은 미래에 어떤 영향도 미치지 못할 완전한 과거였으면 좋겠다. 시간은 어째서 유려하게 흐르지 않고, 중간 중간 멎어 마디를 만들며 벽을 높이 쌓고 단단해져가는 걸까. 시간이 멀리 갈수록 과거의 네가 머무르는 곳의 벽이 높아진다. 그곳이 점점 또렷하게 지도 위에 새겨지는 탓에 나는 문이 닫힌 너의 왕국이 자꾸만 신경 쓰인다.

그 닫힌 문 너머에 아름다운 네가 기다리고 있을 것만 같아, 나는 제대로 걸음을 떼지 못하고 마는 것이다.

위로받을 권리

그녀는 명백하게 버림받은 채였다. 버림받다니, 그녀를 버리는 일이 가당키나 한 걸까? 처음부터 그녀는 당신의 것이 아니었다. 하지만 당신이 그녀를 버리지 않았다 해도 그녀는 버림받아 있었다. 마음을 다친 상처는 보는 순간 누구라도 알아차릴 수 있는 것이다. 그녀는 결코 애처로운 눈빛으로 나를 올려다봤거나, 길가에 망연히 쓰러져 울고 있었다거나, 실연을 겪었을 때 나타나는 그 어떤 무엇도 내보이지 않았다. 그녀는 그저 나를 힐끔 쏘아봤을 뿐이다.

아, 그러나 나는 이내 그녀를 안아 들지 않을 수 없다. 상처 입은 누구든 간에 위로받을 권리가 있다.

꽃단장

겨우 찾았잖아, 한참 찾았다고. 내 말 좀 들어봐, 어떻게 나한테 이럴 수가 있어? 우리 처음 만난 날 기억나? 너도 나에게 첫눈에 반했잖아. 우리가 그동안 같이 보낸 시간들을 생각해 봐. 나는 매일매일 네 생각을 하고, 널 만나러 오고, 내 통장도 텅텅 비었단 말이야. 그런데 어떻게 아무 일도 없었다는 듯 사라져버릴 수가 있어? 내 말 듣고 있어? 이거 봐, 나는 그냥 내 마음을 알아줬으면 하는 것뿐이란 말이야. 내가 아무리 바보 같은 짓을 하고, 너에게 조금 실수를 했다고 해도, 그래도 날 사랑했던 마음이 단번에 식을 수 있는 거야? 내가 이런 말까지는 안 하려고 했는데 말이야, 너 나르시시즘 아니니? 네가 사랑하는 건 결국 너뿐인 거 아니야? 지금 이 순간에도 너에게 중요한 건 도대체 뭐야? 무관심한 표정하지 말고 내 얘기를 좀 들어보란 말이야!

–하나도 못 알아듣겠어, 왜 이렇게 흥분해? 화내면 빨리 늙는다고, 주름 좀 봐. 너도 여기 앉아서 일단 피부 관리나 좀 해.

꼬리에는 낙엽

꼬리에 낙엽 하나가 팔랑 따라붙었다.

보이지는 않는데 몸 어딘가가 계속 간질간질하고
부드럽게 대해 주지 않으면 바스락 부서져버릴 것처럼 연약해
계속 신경이 쓰이지만 그 감촉이 어쩐지 싫지는 않고

낙엽처럼 꼬리 끝에서 달랑거리는 설렘을 잡아채기 위해
우선 조심스럽게 노란 빛깔의 냄새를 들이 마신다.

네가
보낸 우편

네가 나를 위해 해주는 무엇이 아무리 사소한 것이라도 나는 기뻤다. 멀찍이서 바라만 보고 있던 네가 단 한 걸음만 내게 가까워져도 우리의 사이가 산과 바다 하나만큼씩 좁혀지는 것처럼 보였다. 그 사소한 걸음이 너에게 사랑에 가까운 것이었다면, 그게 나에게 도착했을 때의 부푼 형상은 내가 너에게 보여주고 싶은 사랑이었을 것이다. 네가 누군가에게 줄 수 있는 행복이 얼마나 커다란 것인지를 나는 말해주고 싶었다. 그건, 너와 내 사이에만 작용하는 이 특별한 빨간 실 하나가 진동하며 울리지 않으면 절대로 혼자는 이루어낼 수 없는 종류의 기적이었다. 혼자서 만들 수 있는 행복의 크기라는 게 존재한다면, 네가 만들어낸 그것이 나에게 도착했을 때는 애초의 크기보다 훨씬 더 많이 자라 있었다. 네가 나에게 더 가까이 오지 않아도 좋았다. 그저 네가 끝까지 눈을 떼지 않고, 네가 보낸 행복이 얼마나 커져서 도착하는지를 봐주었으면 좋겠다.

너의 세계를 향한 작은 모험

물끄러미 바라보는 것만 언제까지나 할 수는 없었다. 마치 멈춘 듯했던 찰나가 조각나듯 끝나고 시간은 다시 흘렀다. 당신에게 가까이 가고 싶다는 생각을 떠올리는 순간은 늘 그렇다. 그건 나의 세계와 당신의 세계 일부가 겹쳐져야 하는 거대한 사건이기 때문에, 반드시 망설임이 필요하다.

몸은 자라고 보폭도 넓어지는데 상대와의 거리는 좀처럼 가까워지지 않는다. 넓어진 보폭으로 당신은 더 멀리 물러나고, 어른이 되어 겁이 많아진 나는 거리를 좁힐 생각을 하지 못한 채 희미해지는 당신을 바라보기만 한다.

굳은 울타리로 둘러싸인 당신의 세계에 들어서기 위해서는 상처받지 않겠다는 결심이 필요했다. 너는 조심스레 발을 떼고는 살금살금 그러나 단호하게 걷는다. 얼음처럼 차가운 벽으로 둘러싸인 성일지라도 너는 그곳에 굳이 파고들고 싶어 한다. 그곳에서 네가 얻을 수 있는 것이 무엇인지는 누구도 모른다.

실은, 너는, 네가 얻을지도 모르고

애초에 기대하지 않아야 할지도 모르는

그것이 별로 궁금하지 않다.

그저 네가 그 울타리를 넘어가는 일이,

너와 그의 세계를 다소나마 출렁이게 할 것이라는

단 하나의 분명한 사실이 중요했다.

네가 미처 몰랐던 것

매년 그 해가 끝장날 때마다 내가 느끼는 지독한 고독에 대해서 너에게 설명한 적이 있던가? 나는 물론 그것을 너에게 일일이 설명해야 한다는 필요를 느끼지는 않았다. 너에게 털어놓기에 나의 고독은 너무나 보잘것없고, 또 너무나 고통스러운 것이었다. 그러나 나의 하찮은 고충이나마 너에게 얹어주었다면 너는 도리어 나를 돌아봐 주었을까? 너의 손길이 필요할 만큼 내가 약하지 않아서, 그래서 네가 떠나버린 것이라고 나는 여겼다.

이해할 수 없는 점

당신이 얼마나 좋은 사람인지 나는 안다.

내가 때때로 당신을 외면하고 밀어내며 모질게 대하는 이유를 나는 정확히 설명할 수 없을 것 같다. 당신과 나는 태초부터 다르게 태어난 생명체이기 때문인지도 모른다. 우리는 서로를 완벽하게 이해할 수 없을 것이다. 아무리 노력한다 해도. 그러나 그렇다 해서 사랑하려는 노력을 포기할 수는 없는 노릇이 아닌가.

당신과 나의 세포가 조금도 닮아 있지 않다고 해도, 가끔은 온몸을 바짝 밀착하고 체온을 느낄 만큼 가까워졌다가 때로는 같은 공간에 있어도 다른 곳에 있는 것처럼 외로워져도, 분명한 건 나는 당신 없이는 살아갈 수 없다는 점이다.

마지막 페이지

내가 떠났다는 사실을 너는 한동안 눈치 채지 못할지도 모른다.
해는 반 넘게 저물었고, 바람은 미적지근했으며,
나는 하던 이야기를 멈춘 다음 뒷이야기는 영영 꺼내지 않았다.
이건 내가 애초에 예상했던 이야기, 혹은 기대했던 것과는
전혀 다른 이야기, 어느 쪽이었을까.
결국에는 마지막 책장을 덮은 손끝의 까끌한 촉감만이 선명했다.
첫 문장은 이미 잊어버렸다.
다음 이야기는 궁금하지 않았다.

그대의 시선이 머무르는 곳에
내가 있었고
그대는 마치 행복한 듯
잠시 웃었다

스미는 햇볕을 꼬리로 감아 그대에게 주고 싶어
창가에서 잠시 눈을 감은 채로 잠이 들었고

꿈결에 그대의 노랫소리를
들은 것도 같았던
5월의 오후는
가벼운 선율처럼 흘렀다

계절은 잊혀짐의 다른 이름이라고
그대는 말했지만
나는 그대의 말소리를 마주한 채 바랐다

이토록 따사로운 낮잠에서 나와 함께 길을 잃으면
내 나른한 세상도 그대에게 나눠줄 텐데

#3 보통의 날들

당신의 첫 번째 고양이

당신은 고양이를 좋아하지 않는다. 당신은 어릴 때 고양이가 많은 동네에서 살았고 그들을 도둑고양이라고 부르며 자랐다. 무엇을 훔치는지, 정말로 훔치는지는 잘 몰랐다. 당신은 검은 비닐봉투 근처를 서성이거나 밤길에 날카로운 눈으로 당신의 걸음을 살피는 고양이가 그저 쭉 싫었던 것 같다.

그러나 좋아하는 마음이란 제멋대로 엉뚱한 방향으로 가지를 뻗고 자라나고는 해서, 당신은 평생 좋아할 수 없을 것이라 여겼던 것들을 종종 좋아하게 되기도 한다. 이를테면 귀찮게 여겼던 여행을 자주 떠나고, 성가시던 어린아이를 애정 어린 눈으로 바라보며, 질색하던 브로콜리와 당근을 아무렇지 않게 먹고, 어느 날은 고양이를 좋아하는 여자를 사랑하게 되었다.

사랑에 빠진 이들이 으레 그렇듯 당신은 그녀가 좋아하는 것을 좋아하기 위해 노력한다. 뮤지컬을 함께 보고, 꽃구경을 가고, 카페에 세 시간이 넘게 앉아있는 것도 그리 나쁘지 않다. 그러나 싫어하는 마음도 당신의 의지와는 상관없는 것이어서, 길에서 느닷없이 고양이와 눈이 마주치는 것은 시간이 지나도 도저히 좋아지지 않을 것 같았다.

사랑이 자주 우리를 뜻밖의 인연으로 맺어놓는 것과 마찬가지로, 여행은 언제나 우리를 뜻밖의 장소에 데려다 놓는다. 다섯 시간을 달려 도착한 도시에서 우리는 골목 몇 개를 돌아 자그마한 파스타 가게에 들어섰다. 그곳에서 우리가 처음 들은 말은 '고양이가 있는데 괜찮으세요?'다. 당신은 싫은 기색을 낼 수 없어 묵묵히 테이블에 앉는다. 점심시간이 한참 지난 터라 가게에 손님은 우리밖에 없어 마치 동떨어진 세계 같았다.

의자가 바닥에 끌리는 소리에 기척을 느낀 고양이는, 어디에선가 슬그머니 나타나 덩그러니 바닥에 앉았다. 자작하게 내려앉은 공기 속에서 시선들은 탐색하듯 고요하게 얽혔다.

고양이가 무심한 얼굴로 당신을 쳐다보자 당신은 자기도 모르게 비어 있는 옆 테이블의 의자를 삐그덕 끌어 당겨준다. 고양이는 이런 대접은 당연하다는 듯 당당한 기세로 빨갛고 폭신한 방석 위에 뛰어오르고는 그대로 식사가 끝날 때까지 잠이 든다.

파스타는 맛있었고 포크가 달그락거리는 소리는 정겨웠다. 식사를 마치고 나오면서 당신은 슬그머니 뒤를 돌아보지만 고양이는 배웅하지 않는다. 애초에 고양이는 당신에게 별 관심이 없다. 결국 당신이 손이 닿을 정도로 가까이서 마주친 첫 고양이는 뚱한 얼굴로 당신을 쳐다보다가 의자에 올라가 잠이 든 것이 전부다. 눈빛 한 번 제대로 오가지 않았지만 아마도, 당신이 이 식사를 제법 괜찮게 생각했다는 사실을 나는 눈치 챈다. 고양이를 배경으로 둔 식사가 괜찮지 않을 리 없지, 나는 당신이 모를 만큼만 살짝, 기쁘다.

숨 막히는
여름의 밀도 속
꼬리

봄에는 개나리가 피었던 길에 이제는 장미가 빼곡하다. 봄처럼 주춤대는 법도 없이 단숨에 밀어닥치는 저돌적인 여름에는 절로 불쾌지수가 올라간다. 꽃길에 어울리지 않는 찡그린 얼굴로 손 부채질을 하며 걷는 사람들. 후텁지근한 공기에 정신이 아득해지려다가, 문득 주차된 자동차 그림자 밖으로 반만 나와 있는 꼬리를 발견하고 멈칫 섰다.

인기척을 느꼈는지 몸을 유연하게 움직여 얼굴을 한 번 내밀고 눈을 마주치더니, 좀 더 깊숙한 곳에 자리를 잡으며 털썩 배를 깔고 눕는 녀석. 쭈그리고 앉아 들여다보는데, 방해가 마뜩잖기는 하지만 움직이기도 귀찮은 모양이다. 바닥에 몸이 퍼지는데도 아랑곳하지 않는 조심성 없는 몸짓을 보며 나도 모르게 중얼거린다. 아, 정말 여름이다.

너희가 맞이하는 것은 이번이 몇 번째의 여름일까.

지루하도록 긴 나의 여름과는 밀도가 얼마나 다를까.

더위에 불평하는 것이 조금 머쓱해지고 말았다.

냉큼, 가까운 카페에 들어가 시원한 음료를 주문했다.

고양이의 고요에, 또 그 무덤덤한 몸짓에,

흐르는 계절과 일상에 마음이 녹녹해지는 거리다.

12간지에는 왜 고양이가 빠졌을까

부산 해동용궁사에 가면 입구에 12간지 석상이 늠름하게 늘어서 있다. 그런데 12간지에는 왜 고양이가 없을까? 12간지의 동물들에 대해서는 여러 가지 설이 있는데, 불교에서 말하는 유래는 이렇다. 석가가 극락으로 통하는 12개의 수문장을 지키는 지상 동물을 선정하도록 했는데, 무술에 가장 능통한 고양이가 맨 앞자리에 있었다. 나머지 소, 호랑이, 토끼, 용, 뱀, 말, 양, 원숭이, 닭, 돼지, 개는 고양이의 제자였다. 그런데 고양이가 갑자기 뒷간에 가고 싶어진 것이다. 잠시 볼일을 보러 고양이가 자리를 비운 사이에 쥐가 그 자리를 차지하고는 '고양이는 수문장 일이 하기 싫어 떠났다'고 거짓말을 했다. 그 후로 고양이가 쥐의 천적이 되었다는 것인데, 고양이 입장에서는 정말 황당하기 그지없는 일이었을 것이다.

따뜻한 어느 날 용궁사의 열두 동물 석상 맨 앞에,

한 식구로 보이는 고양이들이 옹기종기 제 자리를 찾아 있었다.

과거의 일은 조금 억울할지 모르겠지만,

역시 수문장은 다른 동물들더러 지키라고 하고

고양이는 나른하게 햇빛을 받으며

식빵이나 굽고 있는 게 아무래도 어울리는 일 아닐까.

아무것도 하지 않는 시간

밤은 원래 평온하게 내려앉았다가 아침 햇빛에 지워지고 마는 것이었는데, 어느 해부터인가 밤공기에는 낮에 떠돌던 불안과 초조가 섞이기 시작했다. 한동안은 그걸 눈치 채지 못한 채, 어째서 밤의 고요를 견딜 수 없는 것인지 고민했다. 괴롭지만 견뎌야 하는 것들, 나아가야 하는데 제자리만 헤매고 있는 것에 대한 자책, 어째서 더 잘할 수 없을까에 대한 고민, 그런 것들이 앞다투어 말을 걸어왔다.

더 나아가야 한다는 채찍질을 피하는 것은 아무래도 어렵다. 세상은 혼자 사는 것이 아니니 되레 그렇다. 내가 하지 않아도 누군가는 나를 잣대에 대어 비교하고, 모두의 속도와 흐름에서 혼자 뒤처지고 있는 것만 같은 불안은 쉽사리 나를 떠나지 않는다.

해답이 간단하다는 건 알고 있다. 나의 방향과 속도를 믿고 남들이 뭘 하든 느긋하게, 길이 헷갈리면 되돌아가기도 하고, 마음 가는 대로 방향을 바꾸

DAELIM
125 Fi

기도 하면서, 잠시 눈을 감고 오후의 낮잠이라도 자버리는 것. 잠결에 몸 위로 덮이는 햇빛을 느껴보면 더더욱 좋으리라는 것도. 그렇게 생각은 하지만 역시 생각대로만 잘 되지 않으니 사람이다. 쉼표를 찍는 게 더 어렵고, 아무것도 하지 않는 게 도리어 괴로운 때도 있다. 실패해도 좋으니 달리라는 청춘에 대한 조언은 아무 도움도 되지 않는다.

앞이 보이지 않는 어떤 순간에는 그저 잠시 멈춰서는 것밖에 도리가 없다. 억지로 기운 낼 필요 없이, 일부러 더운 바람을 불어넣어 느긋할 필요도 없이, 그냥 천천히 어둠에 익숙해지는 것이다. 우뚝 서서 무거운 걸음의 무게를 느끼고 있는 동안에, 어둠 속에서 문득 내 앞에 놓인 길을 발견하게 되기를 바라면서.

꿈의 휴식

자신에게 주는 휴식은 망설이지 않았다. 속도가 너무 빠르다는 생각이 들면 어떻게든 브레이크를 밟아 아무것도 하지 않는 시간으로 나를 충전시켰고, 일하다가 맥이 끊길 때는 억지로 채찍질하지 않고 가까운 곳이라도 불쑥 떠나 일상을 환기시켰다. 바쁜 삶과 치열함, 경쟁 속에서 나는 처음부터 등을 돌리고 있었다. 조금 벌고 조금 쓰면 되지, 사소한 행복이 있는 삶으로 충분하다고 걸음을 늦췄다. 어디론가 떠난다고 부산을 떠는 것도 필요 없는 일이었다. 마침내 일상으로부터의 탈출이라고 공표하는 순간, 자유를 그 순간에 한정하는 것이라고 느꼈기 때문에.

내 일상은 늘 평온했지만 언제나 그런 것은 아니었다. 커피 한 잔, 케이크 한 조각씩으로 달콤하게 덮어두었던 내 꿈은 가끔씩 답답한 듯 달뜬 열기를 뿜어냈다. 하지만 나는 그것이 거친 세상에 내보냈다가 부딪치고 상처받을까 염려스러웠다. 실현해내기 위해 달리다가 생채기 날 것이 두려워 숨기고 가둬놨던 꿈이 평온한 척 침잠해가는 동안에, 나는 홀로 조용히 내

꿈에 갇혀가고 있었다.

내가 원하는 길에는 늘 귀를 기울이고 있다고 생각했다. 원하는 삶의 방향을 택하는 데 망설이지 않았고 그런 자신이 제법 만족스럽기도 했다. 그런데도 내가 여기에서 뭘 하고 있는 걸까 싶은 순간은, 문득 어김없이 찾아온다. 그것도 아찔하게, 질책하듯이. 원하는 것을 위해 조금 더 애쓰고, 넘어지고, 실패하고 다시 일어나야 하는 건 아닐까? 나는 현실을 외면하고 있을 뿐인지도 모른다고, 주위가 잘 보이지 않은 채로 나는 고요히 생각하곤 했다. 잘 하고 있다고 자신에게 말해주기 위해, 공정한 경쟁에 뛰어들지 않기 위해, 스스로의 상처만 핥으며 위안해온 건 아닐까 하는 생각이 말갛게 떠올랐다.

꿈에 다가가는 건 너무나 조심스러운 일이다. 섣불리 만졌다가 찬란한 꿈에 금이 가거나 얼룩이 묻지 않을까, 부드러운 천으로 덮어 언제까지고 보관하고 있다. 실패와 불가능이 넘실거리는 거친 세상으로 꿈을 끄집어내는 데는 용기와 결단이 필요하다. 하지만 절대로 잊히지는 않고, 언제나 타이밍을 노리고 있다. 아름다운 만큼 괴롭고, 별 것 아닌데도 엄청나게 무겁다.

꿈을 생채기 입히지 않고 온전히 두기 위해 고군분투하는 건 이쯤하고, 가장 편안한 휴식을 위해서는 가장 치열한 순간도 필요한 것이 아닐까. 현실을 받아들이며, 괴로운 것들을 감내해내고, 세상을 향해 작은 문이라도 열어야 하는 것이 아닐까. 나의 꿈이 날갯짓하여 날아가, 자신의 나약하고 작음을 확인하게 될지라도.

열쇠가 없는 자물쇠

익숙한 도시 한복판에서 문득 길을 잃는 것이 몇몇 사람만의 문제는 아닐 것이다. 언제나 길을 또렷하게 보고 걷는 사람들이 얼마나 있을까. 도시에서는 계절감도 멀어진다. 색깔은 늘 부족하고 빛을 덜 의식하게 된다. 어둠이 내리깔린 듯 거리의 채도는 낮아진다. 곧게 서 있는 건물 사이에서 가끔은, 마치 열쇠가 없는 자물쇠를 손에 들고 있는 것 같아 내딛어야 할 길을 보지 못하고 주춤거릴지도 모른다. 아니면 그건 무엇을 열어야 할지 모르는 열쇠일 수도 있다. 좀처럼 정답은 보이지 않는다. 그러나 언제나 길을 따라 걸어야 하는 것은 아니다. 행운은 대개 딱 맞는 열쇠가 준비된 길 바깥에 무작정 놓여 있다. 그리고 전혀 예상하지 못한 순간에 마주치게 되는 것이다.

내게 일어날 것이라고는 한 번도 꿈꿔보지 않았던 것,

상상하지 못해서 기대도 하지 않았던,

그런 종류의 행운이 가끔 무작정 나타날 때면

아주 사소한 것이라도 안도할 수 있다.

당신과 불쑥 마주친, 바로 지금처럼.

잠결의
환영

길을 향해 탁 트여 있는 카페였다. 뜨거운 햇빛의 열기를 피하기 위해 어디라도 지붕이 있는 곳에 들어가는 것이 우선이었다. 여행자들이 인터넷을 쓰기 위해 많이 오는 곳이라더니, 현지인들도 보이고 아예 노트북을 켜고 앉아 무언가에 열중하고 있는 이들도 있다. 휘 둘러보다가 난 종종 가게 카운터 앞에서 손님들이 "꺅, 이거 진짜인 줄 알았어!" 하고 즐거운 비명을 지르게 만드는 고양이 인형을 떠올렸다. 입구 방석 하나를 차지하고 고양이가 새근새근 자고 있었던 탓이다. 옆 방석에는 손님이 앉아 있었다. 내심 그 테이블이 비지 않을까 싶어 머뭇거리다가, 포기하고 안쪽에 들어가 낯선 메뉴판을 받아들었다.

그린 커리와 그래놀라가 들어간 요거트 같은 것을 주문하고 간신히 더위에서 벗어나 한숨 돌릴 수 있었다. 워낙 더운 지역이라 만족스럽게 시원하지는 않지만 어쨌든 선풍기 바람이 돌아가고 있다는 것만으로도 다행이었다. 오후 일정을 짜고 교통편을 체크하며, 곁눈질로 자고 있는 고양이를

지켜보는데 절대로 깨어나지를 않는다. 입구 쪽이라 사람들도 왔다 갔다 지나다니고, 테이블 옆이니 식사 소리도 어수선할 텐데 끄떡없다. 물론 사람들 쪽도 아무도 신경 쓰지 않는 것 같았다. 가게 주인은 물론이고 손님들도, 좋아하지도 싫어하지도 않는 분위기다.

요즘은 가게 안에서 고양이를 키우는 일이 제법 있는 것 같다. 그런 곳은 보통 고양이가 가게의 마스코트처럼 여겨지는 분위기인데, 여기는 아예 있든지 말든지 하는 장식품 수준이다. 거참, 마음 편하겠다는 생각이 들었다. 고양이를 보고 깜짝 놀라며 기뻐하는 손님들에게 예쁨 받는 것도 꽤 좋겠지만, 담담한 생활의 일부가 되는 것도 자연스러운 일일 테니까.

향신료 때문인지 아무래도 입에 맞지 않는 커리에서 콜리플라워와 당근 몇 조각을 애써 건져 먹고 슬슬 다시 더위 속으로 나갈 채비를 한다. 고양이도 그만 일어나서, 나와의 처음이자 마지막 만남에 눈인사라도 나눠주었으면 좋겠는데 역시 나갈 때까지 그 자세 그대로다. 그래, 나도 호들갑 떨지 말고 태연하게 지나쳐야지. 고양이가 있는 풍경이 그저 늘 있는 일상인 것처럼. 하지만 미련을 떨치지 못하고 고양이를 스치며 슬그머니 꿈속으로 나의 기원을 쏘아 보냈다. 꿈결에는 나의 방문을 환영해 주었길.

당신의 방문

초대와 방문은 양쪽 모두 다소 번거로운 일이다. 일과를 마치고 혼자가 되는 시간, 적막한 저녁 무렵이 되면 누군가 놀러와 같이 맥주라도 마시며 밤늦게까지 수다를 떨어주면 좋겠다는 생각이 불쑥 들다가 이내 잦아든다. 손님을 맞으려면 우선 청소를 해야 하고, 대접할 만한 접시에 요리를 담아내야 하고, 심심하지 않도록 끊임없이 화제를 골라내야 한다는 생각에 다소 부담스러운 마음이 생겨나는 것이다. 그리고 손님이 돌아간 뒤에는 떠들썩한 분위기의 여운을 느끼며 달그락 달그락 뒷정리를 해야 한다. 그 사람이 돌아간 뒤의 고요는 완벽히 혼자 감당해야 하는 내 몫이다.

만남이 부담스럽고 감당하기 힘든 짐처럼 느껴지는 어떤 때 우리는 가까운 이들을 자신의 울타리 바깥으로 밀어내기도 하는 것 같다. 거미줄처럼 나를 옭아매고 있는 인간관계가 성가시고 무거운 사회의 굴레처럼 여겨지는 때가 있는 것이다. 누구의 목소리도 닿지 않는 곳이 필요해서 우리는 때때로 혼자 여행을 떠나는지도 모르겠다. 자신의 세계로 파고들어 스스로

에게 위안받는 그런 시간이 필요하기 때문에.

만남의 테두리에서 몇 걸음 떨어져 오도카니 서 있다 보면, 그 자리에는 나와 시간만이 남는다. 그 자리에 떠오르는 외로움은 내가 원했던 것인 동시에, 오랫동안 만나지 못한 것들을 그리워하는 촉매제가 된다. 결국에는 사람의 살결이 그리운 동물처럼 사무치는 애정이 불쑥 샘솟을 때도 있다.

하루의 가장 긴 시간을 친구들과 한 공간에서 보내던 십대가 끝나고 나면, 소중한 사람을 만나기 위해서는 둘 다 자신의 시간을 일부러 꺼내어 나누어야 한다. 다소 번거로운 일이지만 가끔은 당신을 나의 집, 내 공간에 초대해 식구처럼 가벼운 음식을 나눠 먹어야겠다. 타인만이 줄 수 있는 형태의 색깔과 온기가 우리에게는 아마도, 꼭 필요하다.

상상

로망은 늘 현실과의 괴리와 패키지처럼 묶여 있다. 도전했다가 실패하는 것처럼, 사랑하면 상처받는 것처럼. 마이너스적 감정이 막연히 두려운 탓에, 일어나지 않을 가능성이 높은 일에 대한 기대치는 늘 낮았다. 미리 기대하고 설레발치는 일은 좀처럼 없었다. 영화나 드라마 속에 나오는 삶은 그들의 삶일 뿐, 나와는 다른 세상이라고 선을 그어 둔다. 감정이 크게 동요하는 일은 없지만, 대신 몸은 언제나 무거웠다.

하지만 시간이 흐르면서 도리어 부딪치고 속상해하고 실패하는 것이 삶의 자양분이라는 불편한 진실을 받아들이지 않을 수 없다. 오르지 못할 산 정상에 깃발을 꽂는 상상, 열 번 찍어 안 넘어갈 것 같은 그에게 열한 번째 도끼를 찍어 넘어뜨리는 상상, 바보 같은 로망에 가끔은 온몸을 흠뻑 적셔보는 상상의 범람은 결국 사람의 특권이자 묘미인 것이다.

비 오는 날 버스를 기다리면 옆에
거대한 도깨비 친구가 나타났으면 좋겠고,
가게에 진열된 고양이 인형을 유심히 바라보면
그가 눈을 찡긋하며 나를 놀라운 세계로 데려가주었으면 좋겠다.
이루어지지 않는 상상이 무채색의 감각을 간질이는 느낌은
얼마든지 누려도 넘쳐나니까.

첫해가 뜨는 곳,
빈 주머니로
고양이를 만났다

아침부터 어수선한 기분의 이유를 쉽게 떠올릴 수가 없었다. 다만 울적한 마음을 달래려고 시킨 얼그레이 케이크가 조금도 기대에 미치지 못하는 바람에 기분은 더 엉망이 되었다. 누가 말만 걸어도 울 것처럼 예민해진 마음에 불쑥 기차를 타고 동해에 닿았을 때가 새벽 4시 반, 아침이 빨리 오는 계절이라 이미 하늘이 열어지고 있었다.

해돋이를 보겠다고 정동진에 온 적이 몇 번인가 있었다. 심지어 어느 해에는 새해 첫날을 정동진의 인파 속에서 맞이하기도 했지만, 나를 맞이하는 일출은 늘 구름이 가리고 있었던지라 멋진 해돋이를 볼 수 있을 거라는 기대는 썩 없었다. 그저 내 어수선한 마음이 더 낯선 곳에서 차분해지도록 달래볼 요량이었는데, 이 하루의 첫 태양은 정확히 수면 위에서 말갛게 떠올랐다.

아무도 만지지 않은 깨끗한 아침의 첫해가 몸을 씻어 내리는 느낌에 나는 다소 전율했던 것 같다. 그저 기차를 타고 어디론가 옮겨오고 싶었을 뿐인데, 식상한 이벤트인 해돋이가 새삼스럽게 내게 이만큼이나 강렬한 인상을 남길 줄은 전혀 몰랐다. 바다도, 모래도, 사람들의 그림자도 모두 아침 색깔을 띠고 있었다. 한낮의 빛과도 다르고, 깊게 저무는 노을빛과도 다르고, 바다에서 떠올라 도시까지 건너온 아침 해를 맞이하는 것과도 달랐다.

이성을 끌어 모아 이 첫해가 이미 어딘가를 훑고 저물어 온 빛이라는 것을 상기해 보아도, 여전히 오늘을 터트리는 첫 햇빛의 감동은 쉬이 사라지지 않았다. 물결 위로 부서지는 햇빛을 마치 주워 담을 수 있을 것만 같았다. 매일 맞이하는 아침에 새삼 감탄하고 나니 배가 고파졌다. 일출이 유명한 관광지라 이른 시간인데도 문을 연 식당과 포장마차가 제법 있었다. 7천

원짜리 순두부 정식을 먹고 나오는데 점박이 무늬의 강아지 한 마리가 휙 달려갔다. 어쩜 이리 바둑이처럼 생겼담, 내심 웃으며 시선으로 따라갔는데 강아지는 이미 사라지고 그 자리엔 고양이가 바삐 걸었다. 자연스레 고양이에게 관심을 옮겨 지켜보니 라면과 어묵 등을 파는 포장마차에 태연하게 버티고 서서 밥 주기를 기다리는 모양이었다. 당당한 폼으로 서서 밥을 내놔라 하고 있는데, 오늘따라 아직 먹을 게 없다는 목소리만 들릴 뿐이다. 제때 밥이 나오지 않으니 냐옹냐옹 고개를 들이밀며 적극적으로 먹을 걸 요구하는 게 아주 당돌한 아가씨였다. 물론 당돌한 총각이었을지도 모르지만, 눈매가 딱 새침데기인 탓에 아가씨로밖에는 보이지 않았다. 술김에 한번 연관 지어 생각하고 나자 HB연필이 세일러복 입은 여중생으로밖에 보이지 않아 곤란했던 무라카미 하루키처럼이라고 하면 좀 실례지만.

고개를 들이밀고 호통을 쳐도 먹을 게 나오지 않으니 완전히 삐친 표정으로 돌아서는 바람에, 지켜보고 있던 내가 괜히 송구해지고 말았다.

청량리에서 기차를 탈 때의 울적함은 달걀노른자 같은 태양이 톡 터트려 버린 지 오래였고, 이제 이 고양이님에게 바칠 먹이가 내 주머니 속에 아무것도 없다는 것만 중요했다. 별 수 있겠는가. 흥 하고 가버리는 뒷모습만 지켜봐야 했다.

돌아선 고양이의 그림자도, 말간 아침 색깔이었다.

필요한 건
장소가
아니다

외부의 자극과 소리에 점점 예민해진다. 많은 소리가 들리지 않는, 고요의 축복이 깔린 골목길을 걸으며 한껏 들이마신 건 맑은 공기도 아니고 그 고요와 적막이었다. 게스트하우스 휴게실에 하나둘 모여든 사람들은 어둠이 깊게 깔린 시골의 적막을 배경으로 숟가락을 달그락거리거나 소곤소곤 조용하게 대화를 나누거나 사각사각 일기를 쓰거나 했다. 고양이는 이미 마음에 드는 자리를 먼저 차지하고 있었다. 여행을 떠나는 것이 중요한 것도 아니고, 멋진 장소를 찾는 것도 중요하지 않다. 비슷한 감정선이 흐르는 사람들이 모여 있는 곳의 공기, 기분 좋게 까딱거리는 고양이 꼬리, 한쪽 벽면 가득 읽고 싶은 책들이 소곤거리는 그 감촉, 아마 내가 촉촉하게 스며들 수 있는 그 안도감이 필요한 것이리라.

볕 좋은 창가에 몸을 누이고
온몸의 세포를 따끈하게 덥히는 것도 좋고,
털보다 더 보들보들한 카펫 위에서
낮잠을 즐길 수 있다면 그것도 좋을 것이다.
추위를 피할 수 있는 잠자리와
타닥타닥 소리가 나는 벽난로도 좋겠지만,
그보다 너에게 내가 어떤 안심이 되어줄 수 있다면 좋겠다.

맥주와 고양이

"비 오는 날에는 낮술이죠."

사장님이 맥주를 건네며 슬그머니 웃었다. 비 오는 날의 종달리에서는 할 수 있는 일이 많지 않았다. 수국이 한창이었으나 수국 길을 따라 무작정 걸을 수 있는 날씨가 아니었다. 별 수 없이 예약한 게스트하우스 근처의 카페에 들어가 온종일 시간을 보내야 했다.

바다가 안 보이는 곳에 있는(사실 옥상에서 보면 조금 보인다고 한다) 이 카페에는 고양이 달리와 시원한 크림생맥주가 있다. 메뉴판에 있는 당근주스를 먹어보고 싶었지만, 눅눅한 몸을 덥히기 위해 일단 따뜻한 아메리카노를 주문했다. 기다리는 동안 고양이 달리는 다른 손님을 베개 삼아 잠이 들어버렸다. 달리의 시선을 끌기 위해 은근히 애쓰던 나는 조금 실망했지만, 대신 사장님이 감자 샐러드 한 접시를 내주셨다. 달그락거리는 포크 소리가 빗소리와 섞였다.

혼자 앉아 있던 다른 손님과 눈이 마주치자, 또래로 보이는 그녀가 "비가 와서 어떡해요." 하고 말을 붙여왔다. 여행자 같지 않아 "제주에 사시는 거예요?" 하고 내가 물었다. "아뇨, 인천에 사는데 놀러왔다가 예정보다 길게 머무르게 됐어요, 저기 게스트하우스의 스태프예요." 하고 그녀가 대답했다. "제주에 한번 오면 예정보다 길게 머무르게 된다고들 하더니 정말이네요." 나는 고개를 끄덕였다. 때로는 혼자의 시간을 갖기 위해 떠나는 여행에서도 결국은 사람을 만나게 된다.

비 오는 날 여행하는 건 확실히 불편한 일이지만, 그 덕분에 여행지의 한 곳에서 오래 머무를 수 있는 것은 즐거웠다. 낮술뿐만 아니라 밤술까지 먹고서야 카페를 나섰다. 비를 맞는 건 이제 싫지만 빗소리를 듣는 것은 얼마든지 좋고, 어딘가 나가야만 한다고 유혹하는 맑은 날씨가 없으니 그저 이곳에 잠시 고여 있는 것만으로도 충분했다. 알차게 보내기에는 늘 부족한 듯 초조했던 시간은 이 순간 솜사탕처럼 부풀어 이미 충만하다. 자고 있는 달리에게, 더 자라고 내 시간을 조금 나눠줄 수도 있을 것처럼 마음이 흡족해졌다.

다가갈까 말까

해운대의 아침 바다는 눈부신 빛의 입자를 한 움큼 집어 아끼지 않고 사방에 듬뿍 뿌려둔 것처럼 정신없이 빛나고 있었다. 성수기가 아닌데다가 이른 시간이라 사람은 거의 보이지 않았다. 해가 지고 인적 없는 여행지는 왠지 마음을 불안하게 만들 때가 있는데, 똑같이 인적이 없어도 하루가 시작하는 시간은 그저 청결한 기분이 들 뿐이라는 게 신기하다.

그 와중에 문득 움직임이 느껴져 고개를 돌려보니
나무 뒤쪽으로 고양이 한 마리가 빼꼼 얼굴을 내밀고 있었다.
더 가까이 올까 말까 망설이는 듯한 몸짓에
그저 귀여운 아기 고양이인 줄 알았는데,
자세히 들여다보니 얼굴에는 지친 듯한 삶의 무게가 다소 묻어 있었다.
그래도 호기심을 누를 수가 없는지,
고양이는 한참 동안 나무 뒤편에서 이른 아침 바다의 여행자를 살폈다.

'나 말야? 그게, 지금 샌드위치를 먹으러 가는 참이었는데…….'
나는 눈빛에 못 이겨 묻지도 않은 내 일정을 털어놓았다.
만남이 잠깐 반짝인 뒤 모든 건 아무렇지 않게 이어진다.
배경으로는 갈매기들이 빼곡하게 날고,
아기 고양이는 평범하게 엄마 품으로 돌아가는 것이다.
그들의 일상은 어쨌든, 사람이 있거나 없거나 변하지 않는다.

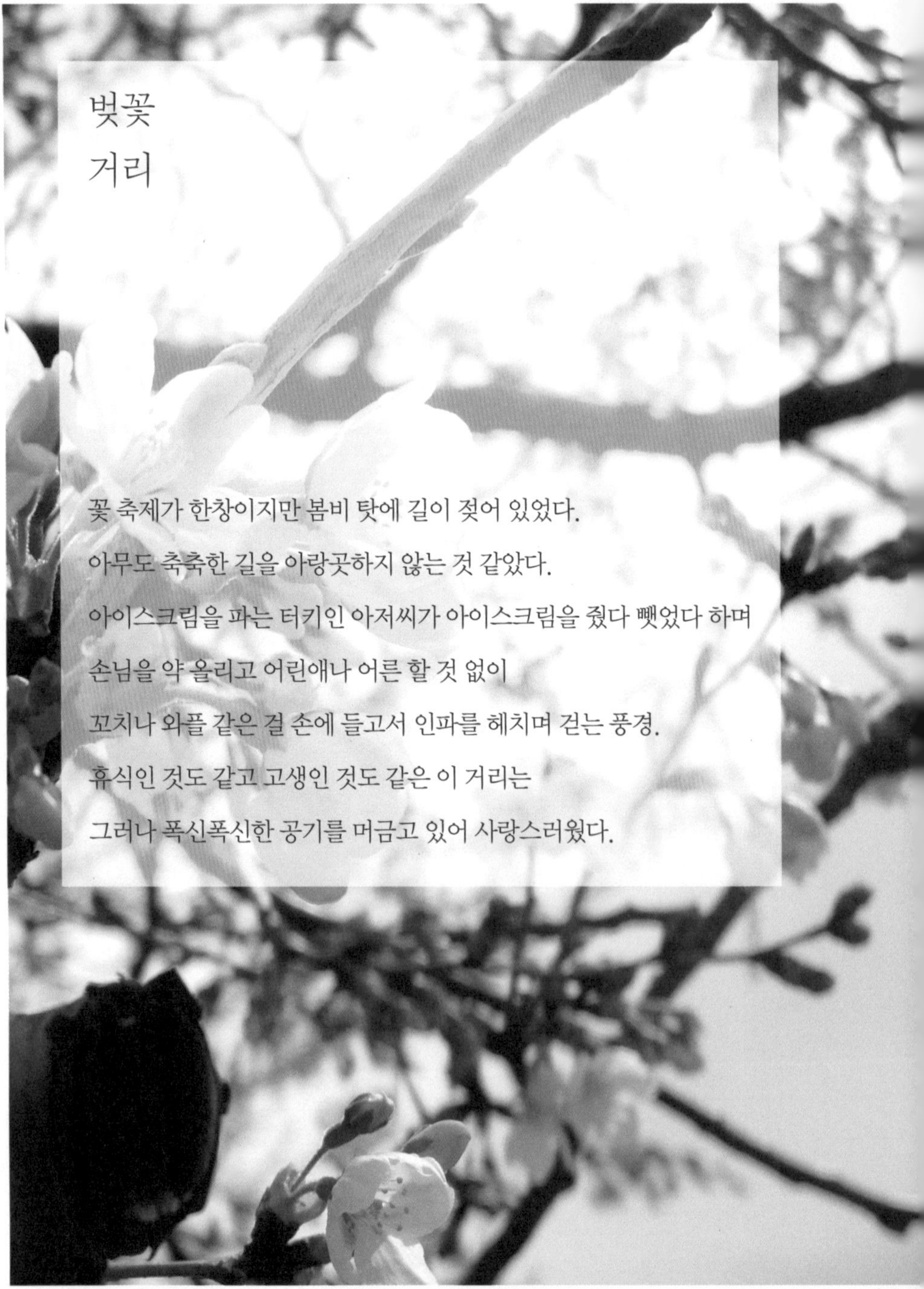

벚꽃
거리

꽃 축제가 한창이지만 봄비 탓에 길이 젖어 있었다.
아무도 축축한 길을 아랑곳하지 않는 것 같았다.
아이스크림을 파는 터키인 아저씨가 아이스크림을 줬다 뺏었다 하며
손님을 약 올리고 어린애나 어른 할 것 없이
꼬치나 와플 같은 걸 손에 들고서 인파를 헤치며 걷는 풍경.
휴식인 것도 같고 고생인 것도 같은 이 거리는
그러나 폭신폭신한 공기를 머금고 있어 사랑스러웠다.

사람들의 축제일 뿐 계절의 흐름 안에서는 당연한 봄꽃인지라 축제의 뒷길에서 고양이들은 들뜨지 않고 차분히 걸었다. 유난스러운 사람들의 소란 탓에 오늘 하루도 꽤 시끄러운 하루가 될 것 같다고 생각할지도 모른다. 고양이들이 사람의 호들갑에 고개를 내저을지언정 봄의 신호탄처럼 퐁퐁 터지는 벚꽃 송이들은 반갑기만 하다. 설렘이 샘솟고 세상의 채도가 높아진다. 일 년에 한 번씩은 새로운 시작을 결심할 수 있다는 점에서도 봄은 고마운 계절이 아닐 수 없다. 신호탄을 터트리듯 벚꽃이 내내 화려하게 내렸다.

험담
듣는 것이
싫은 이유

마스다 미리의 책을 읽다가 문득 공감하며 깨달았다. 누군가 계속해서 남의 험담을 하는 것이 듣기 싫은 이유는 '너는 이런 이유로 나를 화나게 하지 않겠지?'라는 무언의 압력이 작용하기 때문인 것 같다. 누군가에게 개인적인 취향을 털어놓기 힘든 이유도 비슷한 것 같다고 생각하는데, 이러쿵저러쿵 남의 평가를 듣고 싶지 않아 조심스러워진다. 외부의 견해를 받아들일 때, 그것이 일종의 폭력이 되는 경우는 종종 생긴다.

'이거 좋던데'와 '난 별로인데'가 부딪쳤을 때 대개 '별로' 쪽이 미묘하게 우위를 점한다는 사실은 이상한 일이다. 무언가를 비판한다는 사실에 대해, 그 문제에 대해 상대적으로 타당하며 합당한 견해를 드러낼 수 있는 것이라고 우리는 자주 착각한다. 다양한 의견을 듣고 '이렇게 생각할 수도 있구나.' 하고 기분 좋게 깨닫는 것과, 상대로부터 무언가 압력과 오만이 느껴지는 것의 언어적 차이는 참 미묘하지만 감정적 격차는 엄청나다.

다른 이의 삶에 대해서 섣불리 판단하지 않으려 한다. 부럽다는 마음도, 불쌍하다는 마음도, 남의 고통에 대해 공감하는 것 역시 주의하려고 노력한다. 다른 이에게 손가락질을 할 때 자신을 돌아봐야 하는 것과 마찬가지로, 다른 이를 불쌍하게 여기는 데에도 스스로의 자격을 돌아보아야 하는 것이 아닐까 하고.

두 시간
느린
시계

캠핑이 한창 인기지만 사실 즐거운 점만큼이나 불편한 점이 많을 것 같아 선뜻 나서지지 않았다. 벌레는 질색이지만 캠핑의 운치는 느껴보고 싶은 욕심에 결국 모든 게 다 갖춰져 있고 먹을 것만 들고 가면 되는 글램핑 장소를 찾아 기분을 내보기로 했다. 캠핑카처럼 생긴 오늘의 숙소에 짐을 풀고 나니 삶마저 스쳐가는 듯 가벼운 기분에 한껏 젖었다. 본격적으로 여행의 묘미, 바비큐를 준비하기 시작했다.

저물어가는 호수를 마주보고 앉아 숯으로 불을 피웠다. 소리도 내지 않고 살금살금 다가온 고양이를 발견한 건 식사가 한창 무르익은 후였다. 언제부터 먹을 걸 노리고 있었는지 모르겠지만, 사람들이 자주 바비큐를 하는 곳에서 어슬렁거리는 고양이들은 아마 대충 언제쯤이면 고기를 얻어먹을 수 있는지에 대한 매뉴얼을 가지고 있는 것 같다. 물론 예쁜 표정으로 상대를 반하게 하는 법도 알고 있다. 대놓고 애교를 부리지는 않지만 뚫어질 듯한 시선으로 바라보고, 너무 가까이 오지는 않지만 너무 멀리 가지도 않는

take deligh
camping&s

딱 아슬아슬한 거리. 나쁜 남자 연애 기술에 홀딱 넘어가고 마는 스무 살처럼, 나는 구워진 고기를 고양이에게 나눠주었다. 고양이는 끝까지 시선을 떼지 않고 지켜보고 있다가, 너무 가까이 떨어진 고기는 주워가지 않고 어느 정도 멀리 던져주면 휙 물고는 뒷걸음질을 쳐서 다시 안전거리를 확보했다.

많은 부류의 사람을 만났을 테고, 개중에는 고양이를 무서워하거나 싫어하는 사람들도 있었을 것이다. 먹을거리를 탐내며 주위를 배회하면서도 선불리 가까워지지 않고 경계를 두는 것이 그 반증이어서 차라리 안심이었다. 대충 배가 불렀는지 이제 시큰둥해진 고양이는 뒤도 돌아보지 않고 사라져버렸다. 제 필요한 것만 해결하고 사라져버리는 고양이 뒷모습을 보니 어김없이 이용당한 것 같아 조금 억울해졌지만, 고양이님 어장 안으로 자진해서 입수한 건 이쪽이니 뭐라고 할 말은 없는 셈이다.

식사를 마치고 돌아온 캠핑카에 걸려 있는 시계는 두 시간이 느렸다. 여행지의 시간이니 바늘은 돌리지 않기로 했다. 아마도 고양이의 시간은 언제라도 평범하게 흐르고 있을 것이다. 여느 때와 같을 이 밤이 평안하기를 나는 바랐다.

고래를 만나려고

물론 나는 네가 늘 뒤척인다는 사실을 알고 있었다. 너는 잠결에 앞발을 휘저으며 땅 위에서 마른 헤엄을 치다가 깨어나곤 했다. 그럴 때면 너는 부끄러워하지도 않고, 무언가 찾으려는 것처럼 어스름한 새벽 공기만 눈을 가늘게 뜨고 한참 들여다보고는 했다.

네가 누군가와 같이 있는 모습도 나는 본 적이 없다. 아무도 너와 친해지고 싶어 하지 않았고 너는 아무에게도 관심이 없었다. 햇빛이 내려앉아 다들 한가롭게 일광욕하는 날씨에도, 비가 부슬부슬 내려 모두가 나름대로의 아지트에서 물기를 피하려 할 때도 넌 혼자서 평소와 다를 것 없이 행동했다. 마치 연료를 비축하는 것처럼 늘 욕심을 내서 먹었고, 거리의 소리가 잠잠해지는 시간이 되면 그제야 가만히 발을 모으고 앉아 꿈을 꾸었다.

COUP_E
서울 마포
아 2851

– 고래를 보러 갈 거란 말이야.

끈기 있게 너를 지켜보는 나에게 너는 마지못해 퉁명스럽게 말했다. 나는 꿈에도 생각하지 못했던 일에 눈을 멀뚱멀뚱 뜨고 너를 바라봤다. 물론 나는 네가 고래를 보고 싶어 한다는 것을 조금도 눈치 채지 못했었다.

– 고래는 어마어마하게 커.

나는 한참이나 지난 후에, 애써 목소리가 떨리지 않게 가다듬으며 말했다.

– 알아.

너는 단호하게, 이미 흔들리지 않는 모든 각오가 되어 있는 듯했다.

– 고래를 만나서 뭘 하려고 그래?

– 뭘 하다니? 그냥 만나는 것뿐이야.

너는 고래를 따라 바다를 가로지르고, 낯선 곳에 도착하고 싶어 했다. 그곳은 아마 네가 새벽녘에 안개 사이로 그립게 바라보는 그 어느 곳일 터였다. 가보지도 못한 곳을 그리워할 수 있을까, 그럴 수 있다는 것을 나는 너를 보고 깨달았다. 언젠가 네가 정말 고래를 만나러 가버린다면 나는 너를 말릴 수 없을 것이라는 것도.

나는 네 옆에 앉아 너와 같은 허공을 바라보았다. 우리는 아마 다른 것을 보고 있었을 것이다. 나는 아무 말도 하지 않았지만, 아주 조금 외로워졌다.

스쳐가는 세계들

모두들 거대한 세계를 짊어진 채 나지막한 걸음으로 터덜터덜 걷는다. 그들이 머물고 있는 세계는 우리들이 해독할 수 없는 암호 같다. 이름도 붙어 있지 않은 행성처럼 가로등 아래마다 세계 하나가 떠돌다 스쳐가고, 또 다른 세계가 다가와 머물다 간다.

그들의 세계는 다소 단단한 것도 있고 개중에는 말랑말랑하게 움직이는 것도 있지만 서로 부딪쳤을 때는 모두 겹치지 않고 튕겨져 나온다. 그러는 와중에 자신도 모르게 넘어져 어리둥절한 채 주변을 둘러보는 이들도 내게는 종종 보였다.

해 저문 골목길이 내게는 거대한 우주와 같아서, 행성들이 충돌해 어느 하나쯤 부서지지 않을까 언제나 아슬아슬하다. 그들이 모두 안락한 침대 위에 안착할 수 있을지 나는 불안한 마음으로 곁눈질하다가, 때로는 그들에게 다가갈까 망설이고는 이내 그만두기로 한다. 그들이 짊어진 세계는 그렇게 홀로 외로울 수밖에 없도록 빚어져 있으므로. 다만 그들의 묵직한 괴로움도 오늘 밤 안녕히 잠들기를 바란다. 부서진 행성의 파편이 굴러다니면 나는 어찌할 바를 모를 것 같아서.

당신이
보지
않는 것

생각보다 많은 것들이 길 위에 있다.

벚꽃과 낙엽 그리고 수많은 발자국,
실수로 잃어버린 쪽지와 녹은 아이스크림 말고도,
누군가 성급하게 떨어뜨리고 간 고백의 문장이나
어느 화창한 날 당신이 흘려보낸 눈물 말고도.

당신들이 두고 간 사연 말고도 많은 것들이
길 위에는 있다.

고양이에게도 노래는 필요하다

가느다란 노랫소리를 들었다. 낮게 읊조리는 소리를 가장 멀리 실어 보낼 수 있는 새벽이었다. 어디서 들려오는지 방향을 알 수 없어 그저 소리가 끊어지지 않도록 귀를 기울이며 걷다가 너를 마주쳤다. 고양이는 노래를 부르지 않는 줄 알았는데, 너는 노랫소리처럼 대답했다.

고양이에게도 노래는 필요해. 아니, 고양이에게야말로 노래는 필요하지. 당신보다 훨씬 더 고된 삶이라고, 상상도 못할 만큼. 하지만 고통 따위는 대수롭지 않게 여기고 살아갈 수 있어. 꼬리로 한 번 후려치고 나면 그만이라고. 그리고 아무도 듣지 못하는 노래를 흥얼거리면 그날 하루도 무사히 마친 거야. 그럼 된 거지.

추운 방,
추운 밤

따뜻한 봄이 오면

모든 것이 조금씩은 더 견디기 쉬워질 거야.